U0750109

江南小吃记

王寒 著

浙江工商大学出版社 | 杭州

图书在版编目(CIP)数据

江南小吃记 / 王寒著. —杭州:浙江工商大学出版社,2021.5(2023.4重印)
ISBN 978-7-5178-4452-5

Ⅰ.①江… Ⅱ.①王… Ⅲ.①随笔—作品集—中国—当代 Ⅳ.①I267.1

中国版本图书馆CIP数据核字(2021)第069966号

江南小吃记

JIANGNAN XIAOCHI JI

王　寒　著

出品人　鲍观明
策划编辑　沈　娴
责任编辑　吴岳婷　沈　娴
责任校对　何小玲
封面设计　王妤驰
插　　图　郑思佳
责任印制　包建辉
出版发行　浙江工商大学出版社
(杭州市教工路198号　邮政编码310012)
(E-mail:zjgsupress@163.com)
(网址:http://www.zjgsupress.com)
电话:0571-88904980,88831806(传真)
排　　版　杭州朝曦图文设计有限公司
印　　刷　浙江海虹彩色印务有限公司
开　　本　880mm×1230mm　1/32
总印张　10
字　　数　209千
版印次　2021年5月第1版　2023年4月第3次印刷
书　　号　ISBN 978-7-5178-4452-5
定　　价　68.00元

自 序

小吃里的故乡

每个人的舌尖上都有一个故乡。

一个人对一座城市念念不忘，除了有童年的印记、青春的回忆，还有舌尖上的滋味。

元宵的羹、清明的团子、立夏的乌米饭、端午的粽子、六月六的漾糕、七月半的桐子叶包、八月十六的糕囡、九月九的重阳糕、冬至的糯米圆，再到十二月年边掏糖糕……在江南，这些小吃总是依时节而来。每一个重要的日子，都有小吃的色香味。

小吃不但是年节的必需品，也是一个城市的底色，它的背后生长着根，这个根就是我们的故园。江南是鱼米之乡、文化之邦，江南的美丽多情、丰富博大，从小吃里就能体现出来。吃小吃是我们日常的生活方式，小吃里有人情世故——满月时的剃头面、周岁时的够周果、婚宴上的喜庆馒头、回娘家时的元宝糕、月子里的姜米炒饭、寿宴上的长寿面。小吃最是寻常，却充满温暖的人情。山河逶迤，饮食男女，每一个美好的人生片段，总有小吃伴随。

小吃里沉淀着寻常日子的趣味，小吃是山川大地、江河溪流，是花草果蔬、鱼肉虾蟹，是人文历史、地理性格，是人与自然、人与社会的关系在舌尖上的体现。山河岁月、野草繁花、稻麦薯香，皆有情意。一座城市值不值得怀想、有没有意思，从当地的风味小吃里，大抵就能看出。

泰戈尔有诗："黑暗中我的屋里点着一盏孤灯。沉静在我的血液里。我合上眼睛在我心中我看见了万象之外的美。"街头巷尾的店铺食杂，是一个城市的温暖注脚，天刚蒙蒙亮，城市尚未苏醒，早点摊的炉子已经打开，烟火气四下散开。当城市灯火阑珊，小吃摊前还是热气腾腾。每一次的出发和抵达，都有悉心的守望，让我们感到安心和踏实。所谓家国情怀，有的时候，仅仅是在深夜时怀念家乡的某一道小吃。

童年的小吃，是成年后的乡愁。世道苍茫，人生如寄，小吃跟故乡一样，让游子魂牵梦绕。人在异乡，胃有故乡，多少人以梦为马，仗剑天涯，但走得越远，年岁越长，越会回想起故乡的市井烟火。故乡的食物留给我们的，远远不只味蕾上的酸甜苦辣咸，还有风物、气息，过往的岁月和记忆，难忘的亲情和乡愁。

继《无鲜勿落饭》之后，《江南小吃记》是我的第二本美食随笔集。家乡平原肥沃，丘陵绵延，山海相衔，带来稻麦两熟，有二百多种风味小吃。从北到南的每一座城市，都有自己的特色美食，所谓一乡一地，一瓶一钵，一食一味，皆是好滋味。二百多种不重样的小吃，把每一个寻常的日子变成良辰。《江南小吃记》里，写的是小吃的滋味，更有小吃背后的人情冷暖。比起高堂庙宇，我更爱热腾腾的人间烟火。

雨打江南树，一夜花开无数。客厅正对钱塘江，风里有一丝丝钱塘江的潮气。春三月，草木蔓发，春山可望，吃过荠菜春卷、紫云英炒年糕，乡间的人们便提篮采青，马上就有青翠碧绿的清明团子上桌了。

万物逢时皆美好。

目　录

草木引

岁时帖

稻香村

烟火气

盘中餐

草木引

青团

还是惊蛰节气，就有人在朋友圈晒青团了。自家做的青团，碧绿又新鲜，隔着手机屏幕，仿佛闻得到鼠曲草的清气。离清明还隔着一个杂花生树的春分呢，他们就迫不及待地采青做青团了，这也忒性急了吧。

可是，在江南，关于舌尖上的一切，永远是那么急不可耐，荠菜刚长出嫩头，巧手的主妇就掐了芽，做了荠菜春卷、荠菜馄饨；马兰头正肥嫩水灵，一道马兰头香干就上桌了。春初新韭，秋末晚菘，初春的韭菜鲜香扑鼻，鲜嫩的韭叶似兰叶，餐桌上又多了盘绿白相间的韭菜炒千张。对春天的热爱，似乎在吃上才能真切地体现出来，否则说什么热爱春天的话，总好像隔靴搔痒。

到了清明，青团就成了最应景的食物。早春，

003

草木引

吹面而来的风稍微柔和一些，沟渠里流水哗哗，田间地头长满了鼠曲草。鼠曲草有很多小名——无心草、鼠耳草、蚍蜉酒草、黄花白艾、佛耳草、茸母、棉菜、菠菠草等，无不带着乡野的气息。在家乡，人们称它为“青”。吴语中，作为名词的“青”，专指制作清明粿的野菜。青的绿叶微泛着点白，带有细细的绒毛，开出的花朵像是一粒一粒的黄色小米。开黄花时，它已芳华老去，是迟暮的美人。性急的女人会在它豆蔻年华时，早早地拎着篮子到田野上，把它带回家。

采青就跟《诗经》里的采薇一样，有活泼的自然气息。采青是赴一场春的约会，每年的春天，总要有那么几次与大自然的亲密接触，植物总是应季而来，好像小寒时节的梅花白、谷雨时的楝花紫、夏至时的杨梅红。青也是一个节气鲜明的印记，只要说到采青，就知道，清明快到了。

在江南，一到清明，家家户户要吃青团，如果让文人雅士起名，青团应该叫作碧玉团、春风圆，甚至应该叫成翡翠包，清代著名的吃货袁枚在《随园食单》中也说过：“捣青草为汁，和粉作粉团，色如碧玉。”把它起名为碧玉团，并不唐突，可是真要这么起名，雅是雅矣，到底少了几分删繁就简的天然。“青团”二字，已自带颜色与味道，那是青绿的色、青草的香。一个个青团，整齐地摆在竹编的蒸笼或匾上，每个青团下，垫着一张青碧的粽叶，举目皆绿，不待举箸，色香味已从眼底飘入口中。

青团虽然没有被叫成碧玉团、春风圆、翡翠包，但它的别名着实不少。在广东，它叫黑色鸡屎藤饼，广东的青团不是用青做的，而是用鸡屎藤叶做的。在天府之国的成都，它叫叶儿粑或者猪儿粑、鸭儿粑，这都是些重口味的名字。江西老表把青团叫作清明粿，安徽人叫清明粑粑、蒿子粑粑，“胡建人”称它为菠菠粿。在我的家乡，它被叫成“青饨”，这是个多么富有文化底蕴的名字啊，从“青饨”这个名字中，就能感受到源远流长的文化和家乡人对传统美食的坚守。在古代，糕饼这类的食物就叫“饨”，而青团，就是青色的糕饼，一声“青饨”，古气盎然。

家乡的青团是青碧色的，青碧真是种好颜色，山色、烟色、天色等，都可以用青碧来形容。在江南的农村，至今还有不少人家用传统的大灶台，蒸青团时，烟气破窗而去，而蒸笼上面，氤氲着青草的香气，不一会，青碧如翡翠的青团就出锅了。家乡的青团，颜色偏深，如城春草木深的那般深绿，口感绵韧。同在江南，我吃过的苏州青团却是淡绿色的，那颜色如第一杯明前云雾茶。苏州的青团大多是用浆麦草打磨青汁做成的，刚出笼时，颜色是淡淡的绿色，嫩嫩的，怯怯的。慢慢地，青团的颜色也会变深。除了鼠曲草、浆麦草，还有一些地方的青团是用苎麻叶、艾蒿、菠菜叶挤了汁做的。而在湖州等地，人们把南瓜秧叶洗净煮熟，与石灰粉混合密封在甏里，一段时间后，取出南瓜叶，洗净后，揉进米粉，做成青翠碧绿的清明粿——当地人称为茧圆。

清明，祭祖是头等大事，而青团是必不可少的食物。从采青、做青团到吃青团，每一个环节都仿佛自带仪式感，哪一个江南儿女，对青团不是心心念念的呢？这一个个青绿色的米粉团子，外表如清新的小家碧玉，而内涵丰富多样，有各种各样的馅料，咸的是咸菜春笋肉馅、雪菜豆干笋丝馅，甜的是芝麻馅、豆沙馅。在江南，还能吃到什锦青团、三鲜青团、牛蛙青团、爆珠流沙青团、榴莲芝心青团、紫薯青团、香芋青团、烤青团之类，光一个杭州的老字号知味观，就推出了鲜花牛奶、琥珀龙井、百香果乳酸菌、乳酸菌红豆等口味的青团。江南人家在吃上的创造力，真是无穷无尽。

家乡的清明团子有三种：一是青团；二是青饺，如弯月，青饺的封口处捏成麦穗状的花纹，仿佛期待五月乡村的新麦上场；还有一种扁平如饼状的，叫青饼。除了青团、青饺和青饼，家乡还有青麻糍，是用鼠曲草和糯米在捣臼上捣出来的。

青饺和青饼上，通常会印上各种图案。家里有做青饺的模子，是金鱼形状的，还是婆婆留下来的。把青饺压在金鱼模子上，倒出来后，就是鱼形的青饺，代表着年年有鱼。前年，我在乡间集市上买了几个桃木模子，有玫瑰图案的，有福寿图案的，把青色的糯米团分成小团，放进刻有玫瑰图案的模子里，取出来后，青饼上就有了漂亮的玫瑰花。咬上一口，舌尖上满是清香。

水软风轻的江南，可以品尝到春天的各种滋味。在南方，吃青团，是一年一度的约会，已绵延了千年。春日里万物生长，春色无边，借着一道道美食，可以把春色移到唇间，诚如汪曾祺所谓的“一箸入口，三春不忘”。在江南，哪一个春天都少不了青团，否则，这个春天仿佛不曾来过。北方虽说豪迈大气，但青团却少见，说到底，北方的生活到底不如南方的精细啊。

桐花开后,桐子叶包

江南乡间有一种点心叫桐子叶包,跟桐树有关。

春天收尾之前,赤龙山上的花开得心急火燎,春风一起,先是桃花,然后是桐花,再是楝花,一树一树地开。

桐树有两种:泡桐和油桐。泡桐开紫色的花,花筒很深,我曾经说过家乡的梅花糕像泡桐花,你如果看到春天的泡桐花,一定会同意我的说法。油桐,别名五月雪,不过我们那里都把它叫成桐子树。在江南,油桐是常见的植物,在乡间,乡人衣服当不当减,只看桐子花有没有开。春天的最后一波寒流,是用来催开桐子花的。桐子花开时,五瓣白花清新素雅,花心里有一抹朱砂红,如宣纸上的朱砂印章。桐子花落地时,哗啦啦的,满地都是,如覆了一层白雪，让人轻叹一声：呀，桐子花落了。这种花如果落在大观园里，林妹妹说不定会拿一把花锄葬了它，可是油桐大多长在乡野，江南园林里甚是少见，许是它不太符合士大夫的审美，所以惜它疼它的人就少了。乡人忙于生计，哪有闲心闲情悲叹花开花落。桐花落后，树上结出如豌豆的果子，叫桐子，等桐子长大、成熟，长成红的、青的或红中带青的果实时，就用竹竿打下。桐子用来榨油，旧时人家的油纸伞、油纸扇，就是用这种油涂抹的。

油桐先开花后长叶，花谢后，嫩叶从树枝间悄悄地冒了出来，小孩子们喜欢将这种嫩叶夹在书里，用力压几下，桐子叶片的形状就留了下来，带着天然的紫红色。春末夏初的几场雨，让油桐的叶子得到滋润，很快就长得宽大翠绿如巴掌，一片片在风里摇曳。

在乡间，桐子叶能派上不少用场。孩子们到田间摘野果子、采桑葚，没有袋子，如果边上有桐子树，就会摘几把桐子叶，当袖珍果篮。绿叶里面是艳红或紫色的果实，看着分外诱人。

桐子叶表面有一层油光，乡里人用来垫各种糕点。上蒸笼之前，先放几张桐子叶，再摆上馒头、发糕、圆子。糕点熟时，米粉一点都不会粘到蒸笼上。

早稻收割后，就等着过七月半了。一到立夏、端午、七月半，农家会做各种美食，用来祭祖、迎新。馒头、酒酿之类，一年四季随时可以吃，但是青团是清明时的小吃，桐子叶包则多半在七月半时出现。

老一辈规矩多，在温岭，按照旧俗，七月半要吃"八碗"，做糕干坯、煮豇豆糊、蒸桐子叶包。做糕干坯，也叫"起糕干坯"，就是在米粉里掺上白糖，揉好，又在米粉上撒上红糖，放入蒸笼蒸熟，

这样，米糕会形成糖心夹层，更加香甜。豇豆糊又叫豇豆莳，类似于元宵时的山粉糊，只是多了豇豆。

如果没有青团，"青"只是田间地头的杂草，同样，如果没有桐子叶包，桐叶也只是一片平常不过的绿叶，不值得这么赞美。七月半前几天，乡人去摘桐子叶。桐子叶要选大人手掌般大小的，不能太老，也不能太嫩，要选墨绿色的那种，这样蒸出来的米糕，有桐子叶特有的清香。

家乡的桐子叶包是一种米糕，做时要在米粉中加入糕娘进行发酵，糕娘也有写成"糕酿"的，是发酵粉和面粉混合发酵而成的。喜欢吃甜的，米浆中可以放些白糖或黄糖(红糖)；喜欢吃咸的，则放一些肉末，再撒入几粒金黄的桂花或芝麻增香添色。把米粉舀到桐子叶中间，再将桐子叶合拢，用手掌轻轻压成香蕉形，桐子叶柔嫩，可屈可伸，不像别的树叶容易折断。一些地方用桐子叶做糕点时，会把叶子折成三角形或四边形，像包粽子一样包得严严实实。

将包好的米粉团放到竹蒸笼中蒸熟。等到热气腾腾，一打开锅盖，桐子叶的清香扑面而来。剥开翠绿的桐子叶，就可以闻到甜味儿夹着桐子叶的清气，米糕上面还有桐子叶淡淡的纹路。

桐子叶除了蒸米粉糕，也有用来蒸玉米粉的，成品颜色金黄，清香扑鼻，香气随着袅袅的热气，钻进鼻孔。这种特有的草木滋味，简直让人"销魂"。这真是世上最好闻的味道。

清明的嫩艾草，端午的粽子叶，七月半的桐子叶，它们包裹的食物里，都有植物的芳香，这种香味，就是草木滋味，在吃到这些乡野小吃的时候，我们与山川大地已经有了最亲密的接触。

豇豆莳与豇豆酒

金庸的武侠世界,一向快意恩仇,男主角一出场,通常都是风流倜傥、玉树临风。颀长而清瘦的美男子,多用"玉树临风"来形容,而瘦削的文化名人流沙河,却自嘲"一条老豇豆悬摇在秋风里",把自己比作一条老豇豆。

说到豇豆,家乡人总要在它的后面加上两个字,一个是"莳"字,一个是"酒"字。豇豆莳与豇豆酒是家乡特有的小吃。在家乡,豇豆十分常见,作为祖籍非洲的植物,在江南的大地上,它生活得十分滋润,田头地角,农家院落,但凡有点空地,就可以种上豇豆。豇豆像个情种,性子缠绵悱恻,总喜欢攀附在什么上,所以豇豆吐藤时,要插架引蔓,要整枝打杈。夏天,豇豆开出玲珑的花,花谢后,慢慢长出细长的豇豆来。豇豆翠绿,长条条悬挂下来,摘几根，就可以做一道菜，家乡的人称它为长豇豆。在家乡，称个子特别高瘦的人为长人，比如有家店叫长人毛线——卖毛线的男人个子特别高，大家记不住他的店名，就叫长人毛线。个头矮小的人，不称为矮人，而称为矮卵，有戏谑的味道。

古人对豇豆十分称道："嫩时充菜，老则收子，此豆可菜、可果、可谷，备用最多，乃豆中之上品。"夏秋两季，豇豆是常见的食材，清炒豇豆或者豇豆炒腊肉，都很可口，也有人拿来炒辣椒，红红绿绿的，看着就有几分清气。豇豆有花皮豇豆、青皮豇豆、白皮豇豆、红皮豇豆等，夏天以青皮嫩豇豆为主，到了秋天，豇豆变老，以灰白皮或花红皮的老豇豆为多。豇豆老了后，里面的种子变得硬实，变成红紫色，如肾脏的袖珍版。有一种颜色就叫豇豆红，就是豇豆熟时的那种红紫，清代康熙晚期的铜红釉，色调是不均匀的粉红，犹如红豇豆一般，故而得名"豇豆红釉"；又因其浅红时如孩儿面，如三月桃花开，如醉美人的香腮，被人称为"娃娃脸""桃花片""美人醉"。

在家乡，豇豆不是按标准的普通话读成"江豆"，而是读成"缸豆"，发音跟水缸的缸一样，其实这种读法并无不妥，明朝《字汇》里就说过，这个字也可读成"缸"音。所以老家的人，听播音员字正腔圆地把豇读成"jiāng"，总觉得有点怪异。

夏秋的田野里，一条条碧绿修长的豇豆挂在枝上，也是蛮喜人的。吴梅村把长豇豆形容成"锦带千条结"，他曾为豇豆写过一首诗："绿畦过骤雨，细束小虹霓。锦带千条结，银刀一寸齐。贫家随饭熟，饷客借糕题。五色南山豆，几成桃李蹊。"一些地方还将豇豆与白米饭同煮，饭熟之时，豇豆也熟了。

老家过七月半，要做“八碗”，起糕干坯，蒸桐子叶包，还要吃豇豆莳。做豇豆莳用的是豇豆成熟后的果实，颜色黑紫。

豇豆莳又叫豇豆糊，跟山粉糊一样，是一种羹。豇豆煮熟后，加入红糖和山粉，在锅中不停搅动，搅成的糊状物，就是豇豆莳。为了丰富口感，也会些加些红枣片、花生、荸荠、芝麻之类的。豇豆莳吃起来别有风味，香甜软糯。

在江南，想与老祖宗的灵魂进行交流时，往往用黑色或黑红色的食物，比如家乡七月半的豇豆莳。在浙江平湖，七月半要吃豇豆饭；而西子故里诸暨，有“七月半，糖漾藤羹蒸两碗”的说法，七月半要吃的糖漾，就是用豇豆做成的糕点。福建沙县夏茂镇的人家过七月半，要吃豇豆糕。把米磨成米浆，加入豇豆和调料混合调匀，放蒸笼里蒸熟，用刀切成菱形小块，便是豇豆糕。贵州省独山县甲定水族乡甲西村，有放豇豆花的习俗，每年七月半前后，豇豆开花，晚上村民们聚在一起，由放豇豆花的师傅将豇豆花放在人身上，据说这时的豇豆花仿佛带了某种神力，哪怕此人平素呆若木鸡、不善言辞、五音不全，放过豇豆花以后，也能变得口若悬河、能歌善舞，上知天文下知地理。听上去，简直像是在放蛊。

家乡还有豇豆酒。豇豆酒是把豇豆煮熟，加入红糖和花雕酒，烧滚后马上盛出。烧久了的话，酒味就散了。豇豆酒甘甜、醇厚，喝上一口，犹如有一股暖流涌入五脏六腑。家乡人说，“吃了豇豆酒，硬腿脚”，意思是喝豇豆酒会使腿脚变得有力。过去，夏天时，常有小贩骑着自行车来，车的两旁挂着两担夏日的甜点，边骑边叫卖：“豇豆酒！山粉糊！绿豆汤！”

我有很多年没有听到这种叫卖声了。

姜汁核桃调蛋

有人说，没有喝过豆汁，不算到过北京；我说，没有吃过姜汁，不算到过台州。

一碗豆汁儿，两个焦圈儿，是老北京人早点的标配。郭德纲有个段子，说把人一脚踹倒在地，然后强按脖子灌一碗豆汁儿，爬起来大骂，操天操地操人家祖宗的，肯定不是正宗的北京人。正宗的北京人会一抹嘴儿，来句“有焦圈儿吗？”。当年梅兰芳在上海演出，弟子从北京过去看他，孝敬老师的就是一大瓶子豆汁。

江南人家也常吃臭食，什么臭豆腐、臭苋菜梗、臭冬瓜之类，臭气熏天根本不在话下，大热天里，没个臭食，有时连饭也吃不下，但对豆汁，我等“南蛮子”皆表示不敢领教，光看那灰绿的颜色，闻到那酸腐的味儿，胃里已经翻江倒海。别说吃，那酸臭冲鼻的味儿，闻都没法闻。

南方人不爱豆汁，他们爱的是姜汁。姜汁是用生姜榨取出来的汁水。用姜汁做的小吃，家乡有姜汁核桃调蛋、姜汁猪肚、姜汤面、姜米粥、姜米泡饭、姜汁肚片等一系列，连冰激凌都有姜汁的，叫姜汁冰激凌。姜汁没有辣椒那种火辣刺激，哪怕稍微浓一些，也只是略显凌厉，加一点红糖，马上就会收敛，正如南方辣妹子的性格。

姜汁核桃调蛋在家乡广受追捧。一到农历六月六，椒江人都要来一碗姜汁炖蛋，江城路上那几家卖姜汁的小吃店，人多得从店里排到店外，那真是热气腾腾的人间烟火，那些千万富翁、亿万富翁也加入排队的阵营中，就为了这一口好喝的姜汁。据说，卖姜汁核桃调蛋的大叔，腰上挂的是宝马7系的钥匙。到了夏天，他把店门一关，贴张告示，说天热休业三个月，出门游山玩水去。真是任性得可以。

姜汁核桃调蛋中，有一种叫仙人烧的，不过跟仙人没什么关系，仙人烧就是干蒸。鸡蛋打散，倒入姜汁、老酒，将碗置入空锅，碗下垫数块小瓦片，锅底与碗不直接接触，借助瓦片把热量传递到碗中，碗中的姜汁、黄酒、核桃和鸡蛋，会慢慢地炖熟。松散的蛋面先是高高地膨起，再慢慢地松塌下去。这样炮制出来的调蛋，浓稠鲜香，姜香浓郁，甜中带点辛辣，喝一口，立马能感受到姜香、蛋香、糖香、酒香。

家乡还有种姜汁肉糜，是把五花肉剁成肉糜，和着姜汁、黄酒、红糖炖成的，味道甜中带咸，带点辛辣，口味略怪异，我不怎么爱吃。猪肉怎么可以那么甜呢？猪肉加了那么多红糖，有壮汉变

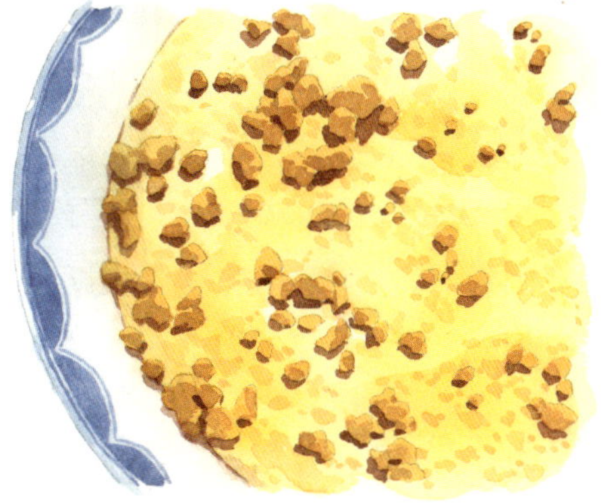

“娘炮”的感觉。

我们那里，相信姜汁核桃调蛋、姜汁肉糜之类有驱寒暖胃的功效，视其为滋补之物。据说，要是连着吃上一个冬天，来年春天，脸蛋会白里透红，与众不同。以前，只有坐月子的妇人或者体虚的人才吃，现在，街头小店到处有卖姜汁核桃调蛋和姜汁肉糜的。小区门口就有两家，在大雪纷飞的冬夜，来上一碗姜汁核桃调蛋，一股暖意倏地从胃里升起，那种感觉，真是酣畅淋漓，如果用两个字形容，那就是：痛快！再加上两个字，那就是：非常痛快！

去年夏天去深圳培训，知道佛山离深圳不远，只需乘三四十分钟的高铁，临时起意去了佛山。正是七月，红花羊蹄甲开花后，凤凰木的花开得煞是热烈。之所以去佛山，是因为高中同学晓岚嫁在佛山，少女时的晓岚长得像山口百惠，是校园里的风云人物，大学毕业后分配到佛山，就安家在佛山。晓岚一口广东话如行云流水，真佩服她的语言天赋，换了我，在佛山待上一辈子，也学不会“鸟语”。

晓岚夫妇请我喝早茶，五颜六色的茶点摆了一桌。广东人真会生活啊，家乡的早点有二百多种，不比广东少，但吾乡人民没那闲情逸致稳坐在茶室里慢悠悠“叹早茶”，我们这里的人干什么都是心急火燎的，吃个早餐如风卷残云，吃完各奔东西，各忙各的。

在佛山，吃到了著名的双皮奶和姜汁撞奶。双皮奶是用当天新鲜的水牛奶制作而成的，口感滑嫩，浓厚鲜香。不过，对于一个吃惯了姜汁的江南人来说，姜汁撞奶更对我的胃口，腥香的牛奶和辛辣的姜汁融合在一起，就好像一个俏佳人和莽汉子碰在一起，天雷勾地火。一杯微烫的姜汁撞奶喝下去，立马感觉胃里暖暖的。广东的姜汁撞奶与家乡的姜汁核桃调蛋相比,前者口感更柔和,后者口感更丰富。

要说美食,还是得夸咱们南方。“八大菜系”有七个在南方,就是明证。所以,豆汁什么的还是留给帝都人民享受吧,我等“南蛮子”,吃吃姜汁核桃调蛋、姜汁撞奶,就心满意足了。

番薯粉圆

番薯在南方太常见了，在平原，在丘陵，番薯不择土壤，顺风顺水地长大。春天番薯开出粉白色的花，像一个个小喇叭；到了夏天，结成一个个纺锤形的块茎。番薯是我们童年时最亲近的田间作物，江南的女子，童年时谁没有用番薯藤做过项链呢？折好的番薯藤柔软湿凉，挂在脖子上、手腕上、耳朵上，扯一块大毛巾披在身上，当作水袖甩一甩，感觉自己就是戏曲中那个千娇百媚的相府小姐。至于男孩子，把马粪纸板顶在头上，四角垂下番薯链子，想象自己是秦始皇，戴着一顶垂有串珠的冕旒，君临天下，四方来仪。

家乡的番薯，分为红薯、白薯、紫色小番薯。红薯其实就是黄肉甘薯，含糖量高，烤起来香气浓郁。咬一口金黄的薯肉，甜糯可人，那种焦香勾得人馋

虫发作。还有种红心番薯,更加香甜。白薯淀粉含量较高,口感较干,甜味也较淡。至于紫色小番薯,个头最是玲珑,是这几年出道的“新贵”。

南方人有时会把番薯当成北方的地瓜,实际上地瓜的表皮为淡黄色,看上去疙里疙瘩的,像个大陀螺,而红薯表皮则为红色,圆扁如纺锤,最明显的区别是,地瓜外皮能用手剥掉,而红薯必须削皮。说来好笑,为了争论番薯是不是地瓜,吾乡有两个热血青年还在街头打过一架。一人道:“地瓜就是地瓜,红薯就是红薯!”一个坚持:“地瓜就是红薯,红薯就是地瓜!”就这样,两人越吵越凶,都认为对方胡搅蛮缠,却又说服不了对方,恼怒之下,打成一团。打架总有输赢,其中一个被一顿暴打后,倒在地上认怂,被迫承认地瓜和红薯就是一回事,对方才松手。这两个小青年,较真较得有意思。这也充分说明了祖国地大物博,南北方言各有不同。

在家乡,番薯被做成各种美食,比如豆面碎,比如豆面羹,比如各种炒豆面,比如番薯粉圆,比如番薯庆糕。这些小吃,维系着舌尖与故乡,在某些时候,成了我们的乡愁。

番薯粉圆在家乡的早点摊上经常可见。每到清明和冬至,海边的玉环等地,家家户户都要做番薯粉圆。番薯粉圆也叫山粉圆、番粉圆。做番薯粉圆,先要把红薯洗净去皮,切成小块蒸熟,再捣碎,加入适量的番薯粉,加水揉搓成面团,再做成跟汤圆类似的圆子。

跟白胖的炊圆相比,番薯粉圆的颜值高多了,它如同花间派的作品,粉皮淡黄,晶莹剔透,里面的馅若隐若现,如同美人穿了件透视装。番薯粉圆有两种,咸的和甜的。咸圆的馅多半是冬笋、豆腐干、香菇、肉丝、萝卜丁,海边人家的番薯粉圆里,自然少不得海鲜,馅里通常还有虾米、鳗鲞。馅要先炒好,包成圆子后,放锅里蒸十多分钟就可出锅。甜的番薯粉圆,分豆沙馅和芝麻馅,馅里面加了猪板油和糖桂花,甜糯鲜香。我偏爱豆沙馅,皮香馅甜,令人垂涎。

家乡的番薯粉圆很受欢迎,在省城农博会上亮相时,这样的黄金果子一摆上台,立马吸引了无数吃货的眼光,一天就能卖掉一万多个。

江南的小吃不但味美可口,而且色彩多样,各具风采。番薯粉圆的淡黄,青团的青翠,松花饼的金黄,乌米饭与墨色流沙包的紫黑,各有各的美色。番薯粉圆须细嚼慢咽,才能体会到那弹性、那鲜美。山间的美味与海里的鲜味结合在一起,是难得的风味,吃一口,便胜却人间无数。

桃花，鱼头，番薯庆糕

今年的春天来得晚了一些，立春了，家门口的迎春花还没怎么开。不像往年，开得跟放炮仗般热闹。连着下了几场雨，草木倒是滋润了，可是春寒夹着冷雨，把人冻得够呛。

好在马上就到惊蛰节气了，春天的气息浓了不少，市府大道两边一排排的玉兰花开了。玉兰花开得很有气势，让人有了盼头。玉兰花开后，乡野的桃花、梨花、油菜花就会接二连三地登场。

家乡有谚语，“桃花红，泥螺肥”，“菜花黄，昂刺鱼肥”。在吃货眼里，花开花落是跟美食连在一起的。

春风千里奔袭，到了春分节气，一夜之间，千树万树的桃花开了。桃花一开，大家的心就痒了，乱了，野了。这个时节，吹面而来的，已是温柔的杨

柳风。

看桃花，有许多好去处，临海的括苍山、天台的后岸、黄岩的长潭水库。春光浪漫，值得出门浪一浪。去年到后岸赏桃花，这里是唐代诗人寒山的隐居地，十里铁甲龙的风光吸引了很多画家和摄影家。去后岸赏桃花，人头比桃花更多，村里小贩在卖桃浆，说是桃花开时新采的，我买了几包带回家。

我在长潭水库边上也买过桃浆，长潭水库边上有很多桃花。长潭属北洋政府，别人一听北洋政府，兀自吓了一跳，以为与北洋军阀有什么干系，其实，北洋是黄岩下面的一个镇。像这样的地名，我们那里还有好几个，比如东京，比如泽国，东京只是一个村，泽国也并非一个国。

长潭有水库，水质清洌，有好水处必有好鱼，水库里的鲫鱼、胖头鱼鲜嫩肥美。春天到长潭看桃花，是个好选择。说是看桃花，实际上是去吃胖头鱼和番薯庆糕。

家乡的糕点很多，有松软的酒盏糕、水晶糕，还有硬如砖瓦的硬糕。临海的酒盏糕，玲珑秀美，糕点上缀着鲜红或碧绿的装饰，不愧是出自历史文化名城，风月无边，精致得像艺术品。如果说临海的酒盏糕是阳春白雪，那么黄岩的番薯庆糕，就是下里巴人。

番薯庆糕是长潭水库边上的特色小吃，圆圆的如向日葵，借用张恨水的话来形容，是碧杆圆盘，犹如金灯列仗。在家乡，番薯被叫成番莳，是山地最常见的粗粮。番薯成熟时，用锄头往土里一刨，常会刨出一连串来。番薯的味道，就是山与土的味道，十分接地气。番薯切成丝，晒干后，研磨成粉，就是俗称的番薯粉，也叫山粉。

一个冬天的冷寂之后，到了春天，桃花一开，长潭就热闹起来，村里年年要办桃花节，来赏花的城里人总是指名要品尝番薯庆糕。

番薯庆糕的做法并不复杂，番薯粉中掺入糯米粉，搅拌均匀，加入土制红糖，放在木制的饭甑或竹制的蒸笼里蒸熟即可。有意思的是，饭甑的盖子居然是箬帽，就是乡间农人下田常戴的那种斗笠。戴着箬帽的饭甑，让我想到田里的稻草人。

番薯庆糕的香甜味道，很快弥漫开来。蒸汽将箬帽掀得一颤一颤，揭开箬帽，热气和香气同时飘散在空中。取出番薯庆糕，在褐黄色的糕面上撒上金黄的糖桂花、黑色的芝麻粒或者几根红绿丝，就完成了。从制作过程来看，番薯庆糕应该叫"番薯蒸糕"才是，毕竟它是在饭甑或蒸笼上蒸出来的，写成庆糕，约莫是为了讨口彩，"庆"字毕竟比"蒸"字要讨喜。

番薯做的糕点有番薯蛋糕、红薯发糕、水晶番薯糕、西米紫薯糕，看上去，都比番薯庆糕要精致洋气。番薯庆糕粗里粗气，像是个"土肥圆"，但是有什么要紧呢，好吃才是硬道理。番薯庆糕里有红糖的甜，桂花和番薯的香，绵软松爽又有嚼劲，入口有特有的番薯味。一块番薯庆糕里，不只这些，细嚼之下，还能吃出稻米香。

到了长潭，赏桃花之外，是要大碗喝家酿土酒，大口吃胖头鱼肉的，当然，也少不了来一扇番薯庆糕。长潭在山里，以长潭水库出名，无海鲜，却有湖鲜，螺蛳、胖头鱼、鱼干都极鲜，还有冬笋、栗子、笋干，时令果蔬更多，从初夏开始，枇杷、杨梅、桃子、葡萄、西瓜、橘子轮番上场。至于酒，除了家酿的糯米酒之外，还有杨梅酒、葡萄酒，皆乡人自酿而成。乡野比不得城市精致，但乡野有乡野的纯朴，看家的狗儿在四处溜达，猫儿趴在藤椅上舒服地晒着太阳，公鸡的毛色油光发亮，与母鸡在追逐戏闹，暖阳下，一切都让人放松。

今年春分，为了桃花，又去了一回长潭。赏花时，顺便采了一把蕨菜、一把马兰头。春天里有野菜可采，仿佛有了与自然亲近的由头。傍晚，坐在农家的院落里，吃着马兰头拌香干、腊肉炒蕨菜，与三两好友点了一锅胖头鱼、一坛子杨梅酒、一扇番薯庆糕，或闲话，或对酌，吃得脸红心跳，吃得心满意足，不觉窗外新月跃出。院落里，有三两株桃花、三两株梨花，风吹过，花瓣落了一地。月光正好，草木皆绿，仿佛有清新之气钻入你的身体乃至灵魂。

山间风清，鱼肥糕香，让人至今不能忘怀。

村姑野老乌糯饺

《山家清供》里有一道山海兜，光看名字，你肯定想不出这是什么。像这样名字雅到不食人间烟火的美食，《山家清供》里还有很多，比如拨霞供，其实就是涮火锅；玉井饭，是藕片和莲子煮成的饭；锦带羹就是莼菜羹；而碧涧羹呢，就是芹菜羹。

山海兜，民间的名字叫虾鱼笋蕨兜，虾鱼属海味，笋蕨属山珍，就是春天的竹笋和蕨菜，所以称为山海兜。

蕨菜，在我们这里被称为乌糯，也称铁狼鸡、狼鸡头。在别的地方，蕨菜又叫拳头菜、猫爪，因为“蕨”与“决”“绝”同音，古人觉得不吉利，就改名为麒麟菜、吉祥菜、如意菜、龙头菜等。《诗经》里面写到蕨菜：“陟彼南山，言采其蕨。”《尔雅翼》写得更是形象：“蕨生如小儿拳，紫色而肥。”春天时，蕨菜齐刷刷地从野地里冒出来，蕨菜的嫩芽初成时，如小儿的粉拳，色紫而肥。乡人去田野采艾草做青团，会顺手采几把马兰头、野葱、蕨菜回来。蕨菜在开水里焯过，除去异味，做成凉菜，滑润鲜嫩，有新鲜的乡野之味；用来炒腊肉，暗红的腊肉，青绿的蕨菜，腊肉的嚼劲与蕨菜的爽滑交织，冬天与春天的滋味，一齐在舌尖绽放，清新之气直入肺腑。陆游诗云："山童新采蕨芽肥。"鲜嫩的蕨菜，是春日一道嫩滑爽口的蔬菜，想来陆游也没少吃。蕨菜有轻微的苦味，炒菜时须放些咸肉或火腿丝，才能消除这种味道。

吃不完的蕨菜，拿到太阳下晒干，藏好，想吃时，用清水泡软，又是一道好菜蔬。春更深一些时，蕨菜的叶子不再如拳头，而是舒展开来，如凤尾，高三四尺，这个时候的蕨菜就老了，不堪食用。

在家乡，大家都把蕨菜叫成乌糯。乌糯的叶子长在地面上，初生时看上去甚是可爱，成熟后，青绿可人，如戏曲舞台上的青衣。但它的根茎在地下长得粗粗壮壮，像一介山野莽夫，块茎上还有一层芋艿皮样的褐色茸毛。蕨菜的根跟葛根一样，富含淀粉。它是乡间用来扛饥饿的粮食，在饥年，乡人吃不到米饭，往往荷锄掘地，到处寻挖蕨根。乌糯的根呈条状，有手指一般粗，挖出来后，挑回家，先放水里浸泡几日，去除泥沙，再放在厚实的长凳子上，抡起棒槌，从上往下甩砸，反复锤打成糊状。乌糯有种桀骜不驯的个性，非得反复捶打，它的山野之气才能被降服。旧有《打蕨歌》："落日溪干人打蕨，千槌万槌碎筋骨。"可见砸出蕨粉相当不容易，乡人把反复捶打的过程，称为"练乌糯"。"练乌糯"又叫"捶乌糯"，家乡还以"捶乌糯"比喻将人痛打一顿。

练乌糯用的条凳非常厚实，都是将大松树从中间剖开，平面

向上。练乌糯是个力气活，乡人若看到谁家娶的媳妇身材高大，就会开玩笑说“老婆爹，练乌糯”，意思是，老婆高大壮实，有力气拿着棒槌练乌糯。乡人讲实用，老婆是高大壮实的好，除了“老婆爹，练乌糯”这句话外，还有一句话，“一代大媳妇，三代大子孙”。

粉浆状的乌糯，沉淀后晒干，再研末，晒成的乌糯粉，就可食用了。用乌糯粉替代面粉做的饺子，就是乌糯饺。天台乡间还有乌糯扁食、乌糯圆、乌糯面条、乌糯麦饼，甚至有用乌糯粉做的“糊拉沸”。乌糯饺色灰，粉皮呈半透明状，糯糯的，比寻常饺子多了韧性，软而不糊，乌糯饺子要趁热吃，凉了就会发硬。

在城里，乌糯饺子不容易见到，但在山野间，乌糯做的小吃寻常可见，乌糯饺、乌糯扁食、乌糯粉条，如村姑野老，亲切无比。春天自驾车到天台西乡，无论是九遮山、张思村，还是田芯村的农家饭庄里，都有乌糯饺子卖。倒点陈醋在汤里，吃起来有荡气回肠之感。有好这一口的人，为了几个乌糯饺子，周末还特地从杭州跑过来，吃完，嘴巴一抹，打道回府。

仙居搞了个厨王争霸赛，评出十大名菜，分别是食神金汤泡饭、黄金袋、养生鳜鱼狮子头、话梅仔排、慈孝三黄鸡、豇豆干扎肉、溪鳗乌糯饺、荷叶蒸菜鸡、黄精猪脚、养生猪肚鸡。难能可贵的是溪鳗乌糯饺，竟然跻身当地十大名菜之列。看菜名，这道乌糯饺子的馅料，不再是腌菜、豆腐干、油泡、萝卜粒、笋粒和肉丁之类的山货，而是永安溪中肥美细腻的鳗鱼肉，如此这般，乌糯饺子的身价倍增。这样的乌糯饺子，已经有了从江湖走向庙堂的底气。

马蹄爽、马蹄糕及其他

马蹄爽与马蹄糕的名字,会让人产生诗意的联想,想到刘因的"马蹄踏水乱明霞,醉袖迎风受落花",想到白居易的"乱花渐欲迷人眼,浅草才能没马蹄",想到孟郊的"春风得意马蹄疾,一日看尽长安花",想到岳飞的"好水好山看不足,马蹄催趁月明归",想到尤袤的"却忆孤山醉归路,马蹄香雪衬东风"。怪小时候父母逼我背多了诗词,以至现在看山不是山,看水不是水。

实际上,马蹄爽与马蹄糕是小吃,跟荸荠有关。

没错,马蹄就是荸荠,两个名字的关系好比周瑜字公瑾,诸葛亮字孔明。荸荠原名凫茈,凫指在水中浮游的野鸭,而茈则通紫,这种果实长在田中,是野鸭爱吃的,故名凫茈。这名字倒相当有意思,只是传着传着,成了"荸脐",又因其为水草,而谓之

“荸荠”。此外，荸荠还有好几个小名，如马蹄、地栗，因它形如马蹄，又像栗子而得名。

荸荠名字讨喜，在杭州话里，荸荠读作“备齐”，或者“毕齐”，谐音有吉祥喜庆之意。年关到了，所有的年货都备齐了，一家人可以开心过年了。在苏州，它被视为元宝，苏州人过年要吃“元宝饭”，即在米饭里埋入几粒荸荠，看谁运气好能吃到，意味着来年财源滚滚。荸荠味甘，想必灶王爷也好这一口。上海人腊月祭灶时，总要放一碗荸荠，希望灶王爷吃了之后在玉皇大帝面前多加美言。

荸荠是个黑美人，一身紫中透红、乌中透亮的皮肤，内里洁白多汁，是江南“水八仙”之一。“水八仙”包括茭白、莲藕、水芹、芡实（鸡头米）、茨菰（慈姑）、荸荠、莼菜、菱。“水八仙”大多在夏秋上市，都是水灵灵的蔬果。

荸荠长在水田里，周围长了杂草，葱管状的叶子露在水面上，细细高高，看上去就像野草。中药中的通天草，就是碧绿的马蹄茎苗，性凉味苦，有清热解毒、补肾利尿的作用。秋天时，它棒状的花茎上开出细碎的小花，而地下的球茎却不动声色地生长着。秋风一阵阵吹过，从温柔变得凌厉，冬天来时，荸荠的茎秆开始倒伏，荸荠此时已长得光滑圆润、红紫乌亮，重见天日的时候就要到了。冬至至小寒，是收获荸荠的时候，农人赤着脚在烂泥地里慢慢踩踏，感觉到脚底下有硬硬的疙瘩，弯下腰伸手一摸，就摸出一个裹着塘泥的荸荠，像是一个个泥蛋子。周作人在一首小诗里写“小辫朝天红线扎，分明一只小荸荠”，十分俏皮。

很快，市场上就有了一堆堆的荸荠。荸荠长得像算盘珠子，

挑荸荠有讲究，要选根部平整的。老话说，“荸荠分铜铁”，这是以颜色来区分。铜皮荸荠颜色偏红，顶芽较短，外皮稍薄，个大脆甜，适合生吃；而铁皮荸荠，红得发紫，色泽暗黑，甜味略淡，质粗多渣，品质略逊，宜煮食或切片炒菜。有些主妇喜欢买带泥的荸荠，买回家可以保存好长时间，而图省事的，多半会买白胖的去皮荸荠。荸荠上市时，街头有削好的荸荠卖，堆放在白碗里，也有像糖葫芦一样，串成串卖的。

荸荠可以生吃，清脆甘甜，胜似秋梨，削了皮的荸荠丰腴洁白，有清心下火、生津开胃、消食醒酒等功效。旧时有五汁饮，专治热病、伤津、口渴，就是用荸荠、梨、藕、芦根和麦冬榨汁配兑而成的。荸荠也可挂在阳台上风干了吃。二十世纪四十年代，萧红去鲁迅家做客，见鲁迅家“墙上拉着一条绳子或者是铁丝，就在那上边系了小提盒、铁丝笼之类，风干荸荠就盛在铁丝笼里，扯着的那铁丝几乎被压断了，已经在弯着。一推开藏书室的窗子，窗子外边还挂着一筐风干荸荠”。生在江南水乡的鲁迅，自然深谙风干荸荠之妙处。

荸荠可以熟吃，煮熟的荸荠呈象牙色，微微的黄，变得软糯，失了清甜的口感，熟荸荠很容易剥皮。荸荠能煲汤、能炒菜，江南的荸荠肉丸子、豆腐荸荠蒸肉、马蹄炒虾仁、马蹄炒双果、马蹄炒肉等，都是跟荸荠有关的佳肴。荸荠切片、剁碎，包在青团、饺子、食饼筒、狮子头、肉饼里，能增加爽脆的口感。荸荠还能做成饮品，如马蹄雪梨汁、马蹄西米露、桂花荸荠甜汤等。荸荠是好好先生，性子随和，是食物中的百搭品。

在江南，有荸荠做的各种点心。家乡的荸荠很出名，尤以黄岩院桥的为最，有“院桥荸荠三根葱”的说法。家乡有道点心，叫马蹄爽，是荸荠去皮捣成糊状，加入淀粉，揉成荸荠团，油炸后加糖而成，爽脆清甜。这道点心，也有称为荸荠圆的。荸荠圆的叫法，终不如“马蹄爽”三个字有意境。

家乡除了荸荠圆，还有挂霜荸荠——将白糖融化后，使糖汁挂在油炸过的荸荠丸上，冷却后表面结一层糖霜，谓之挂霜。还有一种荸荠饼，将荸荠削皮，切成细末，与糯米粉拌匀做成饼，以红豆沙、芝麻为馅，油炸而成，味道极好。

将荸荠磨碎成浆，过滤沉淀后，就是荸荠粉。宋时美食家林洪写到的凫次粉，就是荸荠粉。他在天台陈梅家见到这种凫次粉，因而得知了制作方法，郑重其事地把它记在《山家清供》中。荸荠粉可以冲泡成荸荠糊当饮品，也可以做成美味的马蹄糕。马蹄糕是将红糖融化成糖水，拌入荸荠粉蒸制而成，如果冻，半透明，茶黄色，折而不裂。马蹄糕口感清甜，软滑爽口，过年时吃几口马蹄糕，仿佛骏马踏着时光而来，又马不停蹄奔向新的一年。

杨梅酒与杨梅干

杨梅是最具江南风情的水果，它又名龙睛，色朱红，一看名字，就知是玲珑的果子。

初夏时节，江南进入梅雨季，阴沉多雨的天气会持续半个多月。时值江南梅子成熟，故称“梅雨”或“黄梅雨”。芒种时，树上的杨梅已是一脸羞色，到了夏至，杨梅已红得发紫，它与梅雨一样，是这个季节的标配。在江南，通常以“入梅”表示梅雨季节来临，以“出梅”表示梅雨季节的离开。

家乡是一座甜蜜的城市，夏至有漫山遍野的杨梅，霜降到处是金黄的文旦和橘子，那么一大片一大片，简直就是在大地上布阵。杨梅的玲珑，一向为众人所爱。“夜深一口红霞嚼，凉沁华池香唾。谁饷我？况消渴，年来最忆吾家果。”在文人的眼里，杨梅艳如红霞，最堪回忆。连李白都忍不住赞叹：

“玉盘杨梅为君设，吴盐如花皎白雪。”吃货李渔在《杨梅赋》里说得更是直截了当：“南方珍果，首及杨梅。”南方的水果中，李渔把杨梅放在第一位。

杨梅仲春开花，初夏果熟，六月初上市，七月中旬落市。乡间有俚语：“夏至杨梅满山红，小暑杨梅要出虫。”从芒种时的杨梅初熟，到夏至时的杨梅红紫，再到小暑的告别芳华，杨梅的青春只有一个月，在这一个月里，杨梅是当仁不让的主角，一只只竹篮里，盛满玛瑙般的红果子，上面盖着几片新鲜的杨梅叶或者蕨叶，有清新之感，宜入画入诗。江南人家喜爱杨梅，常以杨梅喻人喻事，“吃了生杨梅——酸溜溜”，“鼻孔里刮出来杨梅花——心里有数（树）”，至于出挑的人尖儿，那是“顶头杨梅”，人见人爱。

杨梅纤弱娇贵，头日采收，两日色变，三日味变，荔枝可以一骑千里送予杨贵妃，而杨梅，从江南到北国，哪怕日夜兼程，贵妃娘娘怕也是没有口福享受，因为杨梅这种尤物，经不起车马劳顿、千里颠簸。现在，有了杨梅冷藏的技术，就算在千里万里之外，也能吃到新鲜杨梅。

每到夏天，左邻右舍都会浸杨梅酒，这仿佛成了故乡父老度夏的标配。开胃、消暑、解毒、止泻，都可以指望杨梅酒。

玻璃瓶里倒上高粱酒，浸下杨梅，不消数日，就可以喝到杨梅酒了。泡了杨梅的酒，在江南，叫杨梅烧，那是江南人家消暑的佳酿。杨梅酒性子凌厉，宜轰饮斗勇，不似青梅酒那般温良。青梅酒微甜如果露，宜浅笑小酌。在古代，杨梅酒有一个风雅的名字，叫梅香酎。“林邑山杨梅，其大如杯碗，青时极酸，既红，味如崖蜜。以酝酒，号梅香酎，非贵人重客不得饮之。”杨梅酒在晋代已名重一时,“非贵人重客不得饮之”,意思是不是贵客临门,轻易是不拿出来的。

在江浙,杨梅的品种有八十多种,其中的翘楚有东魁、火炭、乌炭、荸荠种等,以颜色来分,大致是红、白、紫三种,红胜于白,紫胜于红。其中,东魁就出自黄岩。东魁固然好吃,我最爱的还是仙居荸荠种的杨梅,红得发紫,色如荸荠,肉质厚实,看上去饱满多汁,咬一口,有爆浆的感觉,甜到汹涌。

除泡酒外,杨梅干也是很好的消闲果儿。杨梅采摘后,在阳光下直接晒干就行,加冰糖、食盐熬制后晒干亦可。杨梅干不如鲜杨梅多汁,但酸酸甜甜,十分开胃。杨梅干的果核咬开后有瓜子味,果仁如杏仁,亦可口。

小时候吃了中药,大人总是拿几颗杨梅干哄我,中药苦口,一颗杨梅干,立刻消了满嘴的苦味。看电影时,我最爱带的零食也是杨梅干,电影看到紧张处,一颗杨梅干含在嘴里忘了嚼,满口的津液。

夏天时,电视台的美女主持人陈虹送了我两罐杨梅干,是用她亲戚家的杨梅晒成的,说起来,家乡的杨梅娇生惯养,如千金小姐一般,夏天里怕虫咬,要住到蚊帐里。杨梅树挂蚊帐,在家乡很常见,北方人见了,可能要笑掉大牙,以为我们南方人在施什么法术。在家乡,杨梅挂蚊帐,用正经话来说,叫罗幔杨梅栽培技术。这样的杨梅和杨梅干,吃了自然让人放心。

南方的川豆芽

川豆芽不是豆芽菜，而是蚕豆芽。在我们那里，蚕豆叫作川豆。川豆芽就是蚕豆刚从壳里钻出的芽头，民间有谜语，如“叉襟布衫独角辫”，如“绿绿被头，黑黑枕头，一只手骨，伸出外头”，说的都是蚕豆芽刚钻出豆壳时的那种俏皮可爱。

蚕豆有好多小名，罗汉豆、胡豆、兰花豆、南豆、佛豆。叫胡豆，跟胡人有关，据说它是张骞出使西域带回来的。叫蚕豆，是因为豆荚状如老蚕。而叫罗汉豆，是因为剥开青绿的豆荚之后，豆子颇像一个罗汉，憨态可掬地端坐其中。孔乙己喜欢吃的茴香豆，就是蚕豆加了桂皮煮成的。茴香豆表皮起皱，呈青黄色，咸香透鲜，有嚼头又不生硬，用来下酒最好。绍兴人喜欢用茴香豆下酒，在鲁镇的咸亨酒店，“上大人”孔乙己总是“温两碗酒，要一碟茴香

豆”,边吃边跟人家探讨茴香豆“茴”字的几种写法。穷困潦倒的孔乙己,只能站着喝酒,叫不起别的下酒菜,每次都是拿几颗茴香豆下酒,只要他的身影出现在小店里,“店内外充满了快活的空气”。

在江南,田间阡陌,都种有蚕豆。谷雨节气,蚕豆花开。蚕豆花清丽秀气,紫白色的花朵在叶柄的两旁开放,花上有一小块的黑色,如美人的眼影。家乡有句俏皮话“油菜开花像黄金,蚕豆开花黑良心”,蚕豆开花时,花心是黑色的。蚕豆立夏结果,宋人舒岳祥道:“清明已自断百果,樱豆从头次第尝。”是说清明过后,没什么果子了,等到樱桃和蚕豆可以吃时,麦子也快熟了。还有一位叫行海的僧人道:“雨洗樱红蚕豆绿,金衣公子可怜谁。”立夏前后,一场雨过,樱桃更红而蚕豆更绿。流光容易把人抛,红了樱桃,绿了蚕豆。在江南,立夏要吃地三鲜和树三鲜,地三鲜分别是蚕豆、黄瓜和蒜苗,树三鲜则是枇杷、杏子和樱桃。

立夏的蚕豆很是鲜嫩,豆荚饱满,我小时候嘴馋,与同学出去玩,看到田里有蚕豆荚、豌豆荚,总忍不住摘几颗剥了吃,豌豆清口,而生蚕豆却有豆腥味,不太好吃。

在家乡,蚕豆通常是做成川豆芽或炸成兰花豆。兰花豆是把干蚕豆放水中浸泡,剥掉外壳,把豆子分成两瓣,放油锅里炸得香酥,可以当零食或者用来过粥,家乡人称之为“开花油豆”。苏州的油酥豆板不是用干蚕豆,而是用碧绿的蚕豆油炸而成的,汪曾祺对此有过描述:“苏州有油酥豆板,乃以绿蚕豆瓣入油炸成。我记得从前的油酥豆板是撒盐的,后来吃的却是裹了糖的,没有加盐的好吃。”

而我更喜欢川豆芽。干蚕豆浸泡在水中,就会长出芽头来,这个时候的豆不能再泡水了,而是要倒掉水,快干的时候,适当淋些水就可以,否则泡涨后的川豆芽有水臭,烧后容易糊,味道差得不是一丁点。川豆芽的烧法总是大同小异,先用猛火烧开,再用文火焖熟,豆过嫩过老都不行,只有芽头三四毫米长的豆才有鲜甜软糯的口感。前些年在椒江老车站边上,有家小饭店做的鸡汁川豆芽非常好吃,每天中午,食客都是爆满的,这家店主要卖海鲜,但川豆芽似乎成了镇店之宝。据说国家领导人也吃过店里大厨烧的菜,我起先并不相信,以为是吹牛,后来才知道,大厨当年在大陈岛当厨师,国家领导人来大陈岛时,刚好是他掌的勺,这是他一生中的高光时刻。老车站搬走后,卖川豆芽的小饭馆也不知所终。

温岭坞根有一家乡前饭店,那里的川豆芽十分出名,“新河鲻鱼石粘蛇,长屿黄鱼豆子芽”,鲜美得可以跟鲻鱼、黄鱼相提并论。新荣记也有一道菜,叫鸡汁川豆芽,他们家的川豆芽,又香又糯,汤汁略稠,带着鸡汤的鲜香。新鲜的蚕豆烧出来后,颜色是碧绿的,而川豆芽是褐色的,用舌尖挤破软软的豆皮,粉糯的蚕豆有种沙沙的口感,最难得的是鲜美,川豆芽里有一股子鲜美的鸡汁味,让人一吃就停不下来。川豆芽的汤,粉粉糊糊,也清鲜得很。

旧时,在家乡,川豆芽不是菜肴,而是一种小吃。街头常见挑着木桶卖川豆芽和白蚕豆的老人,我的老师、诗人洪迪回忆起少年时吃过的街头零食,就写到过茴香豆、川豆芽和白蚕豆,在他的记忆中,“卖豆的担子是行动的厨房。前头是锅灶带残火的缸灶和竖着高高木桶式圈子的淘锅。后头一盆清水,盆底垫着一面方石板”。

我读中学时，放学路上，时常也会碰到小贩挑着担子卖漾糕、卖川豆芽，甚至有卖咸虾蛄的。“川——豆芽哦！”老人挑着担子叫卖的时候，总是把“川”字的音调拉长一些，就像戏子在舞台上唱戏一般，余音袅袅。担子上的川豆芽总是煮得软糯，买一小包捧回家，坐在被窝里，一边看书一边吃，美得很。

汪曾祺写过蚕豆，他说：“北京人是不大懂吃新鲜蚕豆的，北京人爱吃扁豆、豇豆，而对蚕豆不赏识。”北京人真是没口福啊。

凉菜膏

甲午年秋天,我的《无鲜勿落饭》在台湾出了繁体字版,台湾的报纸做了整版的推荐。我也去了一趟台湾,逛了诚品书店,看了几场艺术展,连着两个晚上泡在士林夜市。士林夜市真是个充满人间烟火的所在,各种小吃各种香味,勾人馋虫。那两晚,我不吃正餐,只吃小吃,什么芋圆、车轮饼、虾丸、炸鲜奶、大肠包小肠、生炒花枝,还有大菜糕之类,轮番吃过去。

台湾的大菜糕精致玲珑,银白色的一块一块,入口冰凉爽滑。在台湾,大菜糕又叫石花冻,是由石花菜熬煮成的,那种熟悉的口感,一下子把我牵扯回家乡。我跟老板娘说,你的大菜糕,我家乡也有。老板娘眼睛瞪得圆圆的,似乎不太相信,用嗲嗲的闽南话问我,你们那里叫什么?我说,你们叫大菜糕，我们叫凉菜膏。

青草糊、石莲豆腐和凉菜膏，是我们那个时代的解暑三宝。从荷花开时的小暑，到桂花飘香的秋分，街上总能看到青草糊、石莲豆腐和凉菜膏的身影。青草糊是用凉粉草做的，凉粉草叶子形似薄荷，小巧翠绿，略带绒毛，色黑。石莲豆腐又叫石莲冻，是用石莲籽做的，色灰白。凉粉草、石莲都是来自大地的植物。唯有凉菜膏，它来自大海。

凉菜膏是用石花菜做的。石花菜，亦称石头菜、凉菜，它还有一个更动听的名字，叫琼脂，在家乡，它叫岩毛冻，听上去好像是岩石上长出来的毛，实际上它是一种海藻，家乡海边的礁石上多有丛生，纤细蓬乱，如绒毛。这种小石花菜成片地覆于礁石上，故又称岩衣。还有种大石花菜，有两三寸高，高者近尺，紫红色，丛生直立，呈开枝散叶状。

石花菜生长在水下，也附在礁石上，涨潮时，它在水底下看不到，只有退潮时，才能看到岩石上的石花菜，海边的人挖螺讨小海的时候，捡了螺呀贝呀，顺便用铁铲在礁石上刮下"岩毛"来。石花菜刮不完，一有大潮来，又会长出新的。福建这一带的海边，渔民也常去铲石花菜，采后为了让石花菜重新长出来，在铲过的地方还要抹一层石灰水。家乡有漫长的海岸线，长度占了浙江的四分之一，不愁采不到石花菜。民国时杭州办西湖博览会，还派专人来我家乡采集海参、海石花（石花菜）、幽灵水母、海豆芽等标本。可见，家乡的石花菜，早就名声在外了。

石花菜可做饮品，还可做成酱菜，汪曾祺写过的麒麟菜，就是用石花菜做的酱菜。"有两个烧饼的钱就可以买一小堆，包在荷叶

里。麒麟菜是脆的，半透明，不很咸，白嘴就可以吃，孩子买了，一边走，一边吃，到了家已经吃得差不多了。”青岛还有凉拌石花，把胶质的石花菜刨成粉条，与黄瓜丝、鸡肉丝等拌成凉菜，或者直接倒入酱醋、蒜泥拌着吃。

石花菜是海草，自然带着大海的气息，既咸又腥，要在清水里反复浸泡、反复搓洗，在太阳下反复暴晒，才能去除它浓重的海腥味和咸味。经太阳暴晒后，石花菜的颜色慢慢由灰白或暗红变为象牙白，不过样子还是如一团乱麻。干的石花菜很会发，家乡人称之为凉菜。半两重的凉菜，要加十斤的水，把凉菜用大火煮滚，再用小火慢熬，煮的过程中不能加锅盖，为的是使腥气随着热气散发掉，再用纱布过滤掉杂质，放在一边，等着它慢慢变凉。变凉后，它就会凝结成果冻般晶莹剔透的膏体，有种玉质的透明感。爱美的闽南姑娘把纱布上剩下的草渣拿来当面膜敷脸，据说能清除脸上的油腻。

用铜勺把大盆里的凉菜膏舀入小碗，在晶莹透明的膏体上，滴几滴薄荷汁，加点白糖、蜂蜜，撒几粒糖桂花，舀上一勺，放入嘴里，清凉的膏体好像坐着滑梯从喉咙一路滑到胃里，滑嫩又冰凉，咕噜咕噜几口就下肚了，一直凉到心底，什么热气、暑气，都被凉菜膏浇灭了。凉菜膏是消暑解渴的神器，比龟苓膏好吃多了，有龟苓膏的滑嫩清凉，却没有龟苓膏的苦味。

过去家乡的集市上，有凉菜和仙草卖，主妇会买一点回家，自己在家做凉菜膏。曾经有一年夏季，父亲不知从哪里搞到一点凉菜，每天取一撮装入热水瓶中，灌满水，让凉菜自动泡发，泡好后，用纱布过滤掉凉菜渣，让它结成果冻状，再加点薄荷，就是美味的消暑饮品。凉菜膏怕油腻,热水瓶里不能有一丝油渍,否则,凉菜膏就不能成形。那个夏天,不用出门,就可以吃到我爱吃的凉菜膏,爽得很。有时与小伙伴在外面疯玩,在柳树上粘知了,在小溪里捉鱼虾,玩得一身汗,回到家,捧起一大碗凉菜膏,咕噜咕噜喝下肚,真是透心的清凉啊!

酸梅汤

梅妻鹤子的林和靖，终生隐居在杭州孤山的梅林中，他的房前屋后种了几百棵梅花。这梅树，既是他写诗的灵感、心灵的寄托，也是他赖以生存的钱袋子。大寒时，梅花开；立夏时，结青梅。他卖掉树上的梅子，每卖一棵树的梅子，就把铜钱包成一包，放罐子里存了，当作生活费。江南处处有梅花，北方却无梅，山西作家王祥夫就同我说起过，北方没有梅，这就让人觉得北方真是不像话！好事怎么非得让南方占尽？上次和王祥夫一起在诸暨采风，在擅画梅的王冕的故居前，祥夫又嘀咕起这事。

梅可赏，可吃，可制梅子酱、青梅酒、酸梅汤。酸梅汤，一些地方称为乌梅汁。从第一声蝉鸣开始，夏天就来了。酸梅汤、桃浆羹、青草糊、凉菜糕、石莲豆腐，都是我们童年时度夏的冷饮。那时在方

城小学读书，放学后与同学结伴回家，学校到家有一段长路，一路与同学打闹说笑，热得流汗，走过冷饮店，总会跑进去喝点冷饮解渴，有时是一碗青草糊，有时是一碗桃浆羹，有时是一杯酸梅汤。酸梅汤最是解渴，酸酸甜甜，“咕咚咕咚”一下子能喝下一大杯。酸梅汤是童年时的消夏圣品，有时家里大人也会用乌梅、山楂、甘草、冰糖自行熬制酸梅汤。

乌梅，通称“酸梅”，由青梅制成。青梅里有道不尽的风情，有“青梅竹马”的两小无猜，有“倚门回首，却把青梅嗅”的娇嗔，有“青梅煮酒话江山”的豪放。江南处处植梅，立夏时，梅树上结满了青黄色的梅子，采下来鲜食的话，那种酸涩，让人吃一口便龇牙咧嘴，用蜂蜜或盐来腌渍过后，味道就可口多了。腌过的梅子是调味品，在唐朝它被誉为“梅煎”。古人说，“若作和羹，尔惟盐梅”——如果要制作美味的肉汤，就少不了用食盐和青梅调味。除了当调味品，我们的消闲果儿，如酸甜可口的话梅，还有梅酱、酸梅汤等，都来自梅子。日本人很喜欢青梅，有青梅干饭团、梅子酒、青梅蛋糕、梅饼。一颗青梅，吃出日常生活的风雅。

采下的梅子，烟熏之后，由青黄变成黄褐色，最后变成黑色，成了中药里的乌梅。古人说青梅有“五止”，能止咳、止泻、止痛、止血、止渴。《红楼梦》第三十四回中，贾宝玉被亲爹暴打后，“只嚷干渴，要吃酸梅汤”。袭人不让喝，说酸梅收敛，刚挨了打，又不许叫喊，那热毒热血憋在心，怕吃了酸梅汤，弄出大病来。《白蛇传》中还有乌梅辟疫的故事。“五止”中的“四止”，我没有验证过，但止渴是不容置疑的，谁的童年里，没有一碗酸酸甜甜的酸梅汤呢？

酸梅汤作为饮料，有些年头了，古籍中称为“土贡梅煎”。据说制作酸梅汤的“祖师爷”,就是朱元璋,在投奔红巾军之前,他属于引车卖浆者,干过贩卖乌梅和酸梅汤的买卖。有宋一代,是最为风雅的时代,人们用澡豆洗手,用蔷薇露、海棠蜜擦脸;往头发上抹花露油、香发桂花油;夏天里喝各种各样清凉的饮料,鹿梨浆、卤梅水、甘豆汤、姜蜜水、木瓜汁、荔枝膏水、紫苏饮等,光听名字,就觉齿颊留香,而卤梅水就是酸梅汤。

夏至时,朋友送来几箱杨梅,没吃完,放在冰箱里冻着,天热时,吃一两颗,用来消暑最好不过。小暑那日,外出办事,在毒日头下跑了一天,晒得蔫头耷脑,有点中暑,想喝杯酸梅汤。城市的高楼之间有不少的冷饮店,但横竖找不到一杯酸梅汤。回到家,想到冰箱里还有杨梅冻着,就用十来颗杨梅,加了土冰糖,冲了一大壶的水,放在煮茶器里煮了。煮好后,一喝,酸酸甜甜,跟乌梅炮制出的酸梅汤一样好喝。

台州临海紫阳街上的“何记私房菜”店里,有一道叫杨梅羹的甜点,以新鲜杨梅、蜂蜜和鸡蛋清制成,红红与白白,爽口又酸甜,大热天里喝上一碗,让人直叫“痛快”。

一个高人布道曰:人生嘛,“一瓶一钵足矣”。如果给我一瓶一钵,我要瓶里装着酸梅汤,钵里装着乌米饭。

岁时帖

五味粥

天台这个地方真是特别，是佛教天台宗的祖庭，亦是道教南宗的所在，故被称为佛宗道源之地。此间有仙气，烟雾缭绕的华顶，灿若云霞的云锦杜鹃，晨钟暮鼓的国清寺，红霞满天的赤城山，采个药都会遇到仙子，无数的高人跑到天台山，"乞取天台一片云"。山川神秀之地，更易集聚天地灵气，小吃起个名字，都神神道道，自带三分玄机，比如面脑面，比如五虎擒羊，比如糊拉汰，比如糊拉沸，比如五味粥，似乎里面藏着许多说不清道不明的玄机。天台人给小吃起的名，一如高僧所说的"吃茶去"，需要你自己去参悟。而这种参悟，对那些悟性低的人来说，颇为头痛。窝在家里，你是断然悟不出其妙处的，除非亲自跑到天台去。想当年，帝师司马承祯硬是要到天台来，连皇帝都拦不住，而司马承

祯的忘年交李白梦中都会畅游天台山，醒来后笔走龙蛇，写下“龙楼凤阙不肯住，飞腾直欲天台去”的奇绝之句。

自从嫁给天台汉子后，我就破解了天台小吃的玄机：天台的面脑面，实际上就是浇头面；而五虎擒羊，就是食饼筒；糊拉沸与糊拉汏，并不是兄弟姐妹的关系，糊拉沸是番薯粉糊，而糊拉汏，则是一种包了馅的薄面饼。至于五味粥，是正月初一必喝之粥。在欢岙一带，五味粥被说成“天地粥”，一碗粥里，包含了天地人和的哲学思想。

佛宗道源之地的人，一年中，有两次把喝粥提到重要的议事日程上，一次是腊八喝腊八粥，还有一次，就是一年的开端——正月初一的五味粥。“五味粥”跟“腊八粥”有割不断的关系，比如腊八粥的另一个名字就是七宝五味粥。但五味粥跟腊八粥，又有很大的不同，腊八粥是甜口的，五味粥是咸口的。

天台人认为，大年初一早上吃五味粥，会招来五福。有意思的是，天台男人平日里几乎不下厨，那些天台大男人说话气势如虹，他们说，男人下厨房，“倒牌子”。不过，大年初一这一天，不分城里乡下，天台男人都会起早煮五味粥，这当然不是天台男人在这一天良心发现，要替女人分担家务，而是另有讲究。在天台，烧五味粥是男子的专利，主要是因为男子属阳，春天渐近，阳气渐足。阳气足，意味着一年收成好。二来也显示男主人地位之尊。另外，主妇忙碌了一年，年初一男主人下厨烧顿五味粥，也算是对主妇的体恤。

天台人好像特别喜欢“五”，食饼筒是“五虎擒羊”，粥又是五味粥。在中国传统文化中，“五”有特别的含义，比如九五之尊，比如五福,长寿、富贵、康宁、好德、善终,比如五行,金木水火土,比如五色,青赤黄白黑,比如五谷,稻黍稷麦菽。五味粥的五味是红枣、赤豆、豆腐、番薯、芋艿,加米熬成,取五谷丰登、五福降临之意。红枣、赤豆都是红色,带来正月初一开门红的好兆头。说是五味粥,并非指甜、酸、苦、辣、咸这五味,而是指五种食物的味道。五味粥煮好后,考究的还要再炒个八宝菜——将青菜、木耳、豆腐干、金针菇、鸡蛋丝、香菇、笋丝、海带八种菜炒在一起,点香燃烛,请灶君神佛,将灶王爷供得肚皮滚圆。祭了灶王爷,再祭祖宗,然后阖家开食,一人喝一碗五味粥,过点八宝菜,咬一口烤得焦黄的食饼筒,从胃到心,都很踏实。初一早上的五味粥多半喝不完,留下的一部分,初二吃食筒饼时喝。

通常认为五味粥只跟腊八粥有关,但我觉得,五味粥或许源于旧时正月初七的“七样羹”。《荆楚岁时记》记曰:“正月七日为人日,以七种菜为羹。”传说盘古开天地,女娲初创世,前六日造出鸡狗猪牛马,第七天造出人,是谓“人日”。古代“人日”习俗,通常是剪彩为人,贴于屏风上或戴在头上;在吃上,则是北人食煎饼,南人食菜羹,以求风调雨顺、无病无灾。还说“正月七日男吞赤豆七枚,女吞十四枚,竟年无病”,而五味粥里,赤豆是必不可少的,这似乎可为佐证。

旧时,南方在“人日”所食的菜羹,称为“七样羹”,通常是七种蔬菜——葱、蒜、韭菜、芹菜、芥菜、白菜、菜头(萝卜)之类,包含着聪明、勤劳、发财等寓意。岁月流转中,“七样羹”在江南逐渐式微,却被传到日本,并保留至今。日本人过的是阳历新年,每年阳历的一月七日,日本人都会食七草粥。日本有“春日七草”和“秋日七草”之说，七草粥是以“春日七草”熬成，分别为水芹、荠菜、御行（即鼠曲草，江南人家做青团的材料）、繁缕、佛座（宝盖草）、芜菁、小白萝卜，将它们切碎，加米耐心熬成七草粥。在漫长的冬天，这七种草能经受严寒的考验，长绿不衰，在日本人眼里，它们代表着勃勃的生机和旺盛的生命力，而喝七草粥，为的是祈求健康平安。

不管是腊八粥，还是五味粥，抑或是七样羹、七草粥，不同的粥里，寄托的是同样的祈盼，唯愿岁月静好，平安到老。

食饼筒

在家乡，看一个人混得好不好，就看立夏有没有人请你上华顶赏云锦杜鹃，看夏至有没有人给你捎来满篮子的杨梅，看秋天有没有人请你吃青蟹和蜜橘，更重要的是，看有没有人邀你一起"筒"食饼筒。

吾乡不仅有山魂海魄，更有山珍海味、稻菽麦浪。吾乡人热爱稻子，米面、麻糍、嵌糕、桂花糕、酒盏糕、乌米饭等小吃里，包含的是丰年稻花香；吾乡人热爱麦子，麦饼、锅盔、麦虾、扁食等小吃里，有麦子鲜活的灵魂；吾乡人无鲜勿落饭，鱼皮馄饨、鱼面、鱼圆、泥螺煎、墨鱼饼等小吃里，有鲜活的大海气息。

一位北京大妞跟我说，哎呀，你们那儿真是老天爷赏饭吃的地方。我听了，心里未免有几分得意。故乡的小吃,叫得出名头的,就有二百多种,更别说数不尽的山珍与海味,可不是老天赏饭吃吗?

故乡的小吃江湖中,食饼筒是当之无愧的武林霸主,家乡十里不同风,每个地方都有引以为傲的小吃:天台的水晶蛋糕、糊拉汰;仙居的泡鲞、霉干菜饼;三门的青蟹酒、松花饼;临海的蛋清羊尾、海苔饼;黄岩的马蹄爽(荸荠圆)、番薯庆糕;椒江的蛋饼、骨头粥;路桥的蛳灰蛋、姜汤面;温岭的夹糕、糖龟;玉环的鱼皮馄饨、虾饺……唯有食饼筒,席卷了从南到北的九个县市,有着深厚、广泛而扎实的群众基础,在社会各界形成了强烈的共识——好吃!实在好吃!

如果说小吃代表了一地的风情和文化,那食饼筒一定是和合文化的代表。饼皮人如铜锣,薄韧而通透,柔软又劲道。饼皮里包裹着各种各样的馅,包好的食饼筒呈圆筒状,它符合吾乡人民南北兼容的性格,有包容万象的气度,有海纳百川的丰富,有温婉之外的豪气,所以,它在“中华名小吃”的宝座上,一坐就是多年。

一个食饼筒,能吃出百味人生。面皮包裹了一切,薄、软、鲜、香,最贴近这个城市的灵魂。一张薄薄的面皮,满满当当地包着十种八种的馅料,当地人称之为馅头,有鸡蛋丝、虾干、豆腐、肉片、豆面、绿豆芽、茼蒿、菜头丝、黄鳝丝、洋葱……吾乡人民的大局观念很全,馅头照顾到各色人等的口味。馅头可以随着地域的不同、主人的口味和季节的变化随时调整。我吃过路边摊上一元一个的简装版食饼筒,里面只有米粉和青菜,只图个快捷便利,也吃过有黄鱼、鲍鱼加持的豪华型食饼筒。

家乡的食饼筒可分为山派和海派,山派的以天台、仙居为代

表，彪悍的天台人甚至把他们的食饼筒称为“五虎擒羊”，多么生猛的名字，让人联想到烤全羊之类，实际上这名字有点虚张声势，跟虎呀羊呀都没什么干系，馅头是肉片、猪肝、蛋皮、鱼肉、豆腐片。海派的代表是温岭和玉环，他们把鲳鱼、鱿鱼、虾仁、蛏子、马鲛鱼甚至跳鱼等活蹦乱跳的海鲜烧熟，与猪肉、猪大肠、香干、豆面、绿豆芽等混杂在一起，山海协作，五味俱全，乱花渐欲迷人眼。在温岭，还有一种绿色的食饼筒，叫苎叶麦饼，面粉中掺进苎麻叶汁，做出的饼皮青绿色，裹入黄鳝、虾仁、绿豆芽、墨鱼卷等各种馅料，是当地人心心念念的“麦饼筒”，又韧又香，一个管饱。

包食饼筒有技巧，包得好，如画轴，从头吃到尾不散包，包得不好，技术不过关，吃到一半，饼与馅会分家，会漏馅，甚至会散架。这个时候，总有好为人师者，主动跳将出来，来个情景教学，手把手教你如何筒出一筒色香味俱全却不散架的食饼筒。

吾乡南北，对食饼筒有不同的叫法，临海人管它叫麦油脂，温岭人、玉环人叫它席饼（锡饼），椒江人和路桥人叫麦油煎，天台人叫它食饼筒（饺饼筒），三门人则把它称为麦焦。说吾乡吾土之豪迈大气，不用拿别的举例，食饼筒就是最生动的例子，它不仅仅是超大码的春卷，也是事关吾乡尊严和生活方式的小吃。与小桥流水的春卷不同，食饼筒有“浪淘尽，千古风流人物”的霸气，有“金戈铁马，气吞万里如虎”的豪气，当然，还带着几分与吾乡剽悍民风相匹配的莽汉气质，蓬勃而健旺。

据说食饼筒是天台那个放浪形骸、疯疯癫癫的济公和尚发明的，他首创把剩菜裹入面饼，下一顿再吃的方法。上海世博会是食饼筒的高光时刻，它被上海的老法师挖掘出来，更名为“济公卷饼”,作为中华名小吃闪亮登场。

食饼筒跟春卷是同一个祖宗,就是旧时立春必吃的春饼。立春是春天的第一个节气,春饼是立春日所食之面饼,用春饼卷上春蒿、韭黄、粉丝、肉丝等清炒成的“合菜”,取迎春之意。立春吃春饼,在旧时是谓“咬春”。春饼到了南方,就成了小巧玲珑的春卷,春到人间一卷之,好吃又应景,油煎至金黄,外焦里嫩,酥脆香美。

春卷虽味美,但总是吃不饱,像情场老手的欲擒故纵。与春卷的雅致温婉相比,家乡的食饼筒有美人的皓腕那般粗细,大山大海给了它野蛮生长的力量。一卷食饼筒,可以雄霸餐桌当主食,做到“一夫当关,万夫莫开”,无须别的菜肴,就可以宾主皆欢;也可低调内敛,作为点心,在满桌的佳肴中充当陪衬和配角。一两个壮实的食饼筒下肚,就能吃得肚皮滚圆,这时,你说话的声调都响了,底气都足了,气场都强大了。

在家乡,过立夏要吃食饼筒,有“醉夏无麦饼,白碌做世人”之说。这里的麦饼是指小麦做的食饼筒皮,意思是说,立夏如果没有食饼筒吃,那做人再忙碌也是一场空。吾乡人民早就把立夏吃上食饼筒,提到了提升人生幸福感和满意度的高度。

不止立夏,在吾乡,什么节日都可以吃食饼筒,清明、端午、立夏、七月半、中秋、大年夜,家家户户都会筒上几十筒食饼筒。吃不完,放冰箱,想吃时,拿出鏊盘,抹上油,煎得金黄飘香。作为一个本地美食“沙文主义”者,相看两不厌的,唯有食饼筒。而对道行不深的年轻人来说,搞不清节假日该吃什么时,吃食饼筒准没错。

在吾乡,让友谊迅速升温的不二法门就是请对方到家里一起筒食饼筒——包裹食饼筒的过程,在家乡,被称为“筒”。雪白如云的饼皮搁在桌上,叠在一起,薄若纸张,十来盘炒熟的馅儿,有红有黄有绿,摆满一大桌,想吃什么自个儿筒。有人筒着筒着,就筒成了生死之交;有人筒着筒着,就筒成了儿女亲家。在杭台州人组建的各种老乡群里,时不时交流杭州哪个饭店有好吃的食饼筒。或者某一天,带头大哥一吆喝,双休日来我家筒食饼筒,群里立马欢呼声雷动。在异乡聚集在一起,筒一次食饼筒,相当于开一次联谊会,相当于领导的节日慰问,相当于过一次组织生活,当然,更多的,是思乡的慰藉。十几个老乡围坐在一起,说说笑笑,筷子如小李飞刀,飞向各个馅头。说着家乡话,筒着鼓鼓囊囊的食饼筒,那真是热闹祥和。这个时候,食饼筒已经不是食饼筒,而是乡愁的滋味。

为了一碗鳗鱼饭,可以飞一趟日本;为了一朵菌子,可以飞一趟云南;为了一卷食饼筒,你值得来一趟吾乡。

家家糟羹蛤蜊调

名字中带“糟”字的食物，往往不是糟粕，而是精华，比如化腐朽为神奇的糟鸡、糟鱼，比如糟羹。在江浙，糟鸡、糟鱼是难以割舍的美味。糟味似酒非酒、若有若无，是“酸甜苦辣咸”之外的第六味。家乡的糟羹，是另一种美味，是一种与糟卤无关的风味小吃。

还没等到水流花开、草长莺飞的春天，正月里，糟羹就热热闹闹地开煮了。

在家乡，吃糟羹与看花灯一样，是元宵节的一件盛事。十四的元宵，十六的中秋，在过节上，浙东的台州不走寻常路。“十四夜，间间亮”，一到十四夜，家家户户都亮着灯，全城一片搅羹声——“正月十四是元宵，家家糟羹蛤蜊调”。

吃糟羹，是一件富有仪式感的事。吃过糟羹，街上的锣鼓就喧天震地地响了，各式的花灯从眼前逶迤而过。正月十四夜，热闹着，喧哗着，喜庆着，年就这样兴高采烈地收尾了。天台人把糟羹称为“糊拉沸”，“糊拉沸”是“糊懒废”的谐音，正月十四夜吃了“糊懒废”，意味着废除糊涂与懒惰，振作精神开始新一年的工作。这么一说，仿佛这道羹里还有偈语的意味。

糟羹有两种，咸羹和甜羹，正月十四夜，吃咸羹；正月十五夜，吃甜羹。先咸后甜，意味着生活越来越甜美。

不要小看这一碗糊糟糟的羹，准备工作并不轻松，七七八八一大堆原料，堆在案头，由主妇细细切成丁。糟羹丰俭由人，简单派的主妇，用青菜、肉丁、豆腐、芹菜、香菇、胡萝卜加淀粉，就能炮制出一碗香喷喷的咸羹。复杂派的主妇，做一碗羹要忙上老半天，用芥菜叶、冬笋、猪肉、火腿肉、胡萝卜、花生米、油泡、豆腐干、蚕豆、豆面、荸荠、香菇、香肠、虾仁、鳗鲞、墨鱼干、蛏子、牡蛎肉等，冬春之交的芥菜油绿鲜嫩，冬笋肥厚而略带甜味，荸荠增加了爽脆的口感，鳗鲞、蛏子具有咸香，有山珍，有海味，有过年的存货，有正月的鲜货，更讲究的，还要切上猪耳朵、猪大肠，这样的糟羹，才有百花齐放、百家争鸣的口感，芥菜是其中的灵魂。切好的菜丁入锅翻炒，加水，倒入淀粉，加以搅拌，当锅中的米粉变得黏黏糊糊，“咕噜咕噜”地冒着气泡，就大功告成了。

看上去乱七八糟的一碗粉糊，着实美味。一口糟羹，可以吃出冬笋的清新、荸荠和花生米的爽脆、蛏子的鲜香、墨鱼干的韧劲、大肠的肥软……鲜咸粉糯，百味杂陈，可以让人细细品味。这种味道，有点像人到暮年时回忆起的纷乱往事。糟羹越吃越有味，一碗接一碗地落肚，家乡谚语，“十四夜的肚，国清寺的鼓”，说

正月十四这一晚，肚子里不知装了多少碗的羹，肚子鼓得像国清寺的鼓。倒是分外形象。

在家乡，咸糟羹又有糊头羹、讨饭羹的戏称，杂七杂八的作料胡乱地掺和在一起，像是讨饭人的做派，故称。吉利的说法当然也有，叫发财羹、利市羹，正月十四煮上一大锅咸羹，意味着今年财源滚滚来，煮得越多，吃得越多，代表进的财越多，吃到扶墙走，那是最好的。旧时还有元宵讨羹的习俗，十四夜，家家户户都会多做些羹，小猢狲（本地方言，指小孩子）是讨羹的生力军，三两结伴，手拿盆碗，走家串户讨羹吃。讨羹的小孩越多，主人家越高兴，意味着人旺家旺，有一句老话就是这么说的："吃糟羹，拉糟屁，生个小儿当皇帝。"

元宵吃羹，要连吃两晚。正月十五的晚上，吃甜糟羹。甜羹又叫"山粉糊"，是另一种口味。

传统美食，必有来头。糟羹据说跟戚继光有关，传说戚继光在浙东抗倭时，百姓在正月十四夜担着用肉丝、冬笋丝、香菇、油泡、川豆豉等烧成的糟羹，去前线劳军。也有说百姓是为了慰劳修筑台州城墙的将士。不管一碗羹跟谁扯在一起，反正，在家乡，元宵吃糟羹而不吃汤圆的习俗，已经沿袭了数百年。

国人有"不时不食"的习俗，什么时节吃什么，都有讲究。作家车前子比喻道，八月十五吃月饼，就是首格律严谨的格律诗，若是每月十五都吃月饼，那就成了顺口溜。糟羹原先是正月十四的格律诗，现在只要想吃，天天都可以吃，所以，经过岁月的冲洗，糟羹也变成顺口溜了。

外地朋友问我，元宵节，我们南方人吃汤圆，为的是祈求全家团团圆圆，你们吃糟羹，为的是什么？哈哈，我们的糟羹讲究的是海纳百川，有容乃大，讲究的是天地人和，和合共生，以和（糊）为贵。一点淀粉，就是黏合剂，能包罗万象，兼顾四方。如此说来，糟羹虽然有个“糟”字，实乃代表中国传统文化中和合文化之精髓。

天下之人，口味不同。在家乡，仿佛只有吃过糟羹，这个年才算收了尾。故乡的年味，始于腊八粥，止于糟羹与花灯。

立夏乌米饭

春去立夏至。在江南，立夏要吃乌米饭。

宋代林洪的《山家清供》以青精饭开篇，青精饭就是乌米饭。林洪是宋代有名的诗人和雅士，自称林和靖的后人，他固然也爱对着梅花吟咏，但更多的是琢磨把梅花做成美味。林洪写了本《山家清供》，这是一本雅得不得了的书。所谓山家清供，意思是乡居的粗茶淡饭。《山家清供》里的美味，都是身边寻常可见的家蔬、野菜、花果，像什么青菜啊，萝卜啊，茭白啊，梅花啊，山桃啊，红豆啊，他把这些日常的花果蔬菜做成酥琼叶、蟹酿橙、槐叶淘、拨霞供……光听这些个名字，就勾人馋虫。

林洪笔下的蜜渍梅花、梅粥、汤绽梅，至今无缘得尝，不过，有一点可以傲视群雄，我吃过千年的腌青梅，来自国清寺那棵植于隋朝、树龄千年的老梅

树。至于林洪说的青精饭,在江南,一年中总要吃上几回。《清嘉录》中说此饭又叫"阿弥饭",因以饭供佛时须念"阿弥陀佛"也。在《宝莲灯》的传说中,仙女三圣母因思凡下嫁人间,被玉皇大帝压在九华山下,她在地狱里终日挨饿,儿子沉香送饭到地狱门口给母亲,都被看门鬼吃光了。沉香就用乌饭叶挤汁煮饭,骗过了阴间的小鬼,沉香的母亲吃了乌米饭,才得以保命。

青精饭据说有延年益寿之功效,后人以青精饭指仙家饭食。杜甫有"岂无青精饭,使我颜色好",陆游有"午窗一钵青精饭,拣得香薪手自炊",这些文人雅士都喜欢吃乌米饭,吃后还忍不住赋诗一首,赞美一下它的美味。

青精饭之得名,源于一种叫南烛的植物。南烛又名青精、染菽、牛筋、旱莲草,在我们这里,称为山乌饭树、山草米脑或者乌桐树。

山乌饭树在江南十分常见,它是灌木,三五尺高,暮春时,它的叶子像火把一样照耀着山谷,六七月间开出小白花,结出一串串青色的浆果球,大小如豆,成熟后是蓝莹莹的,味道不像野草莓那么甜,微甜中带点酸,到了九十月间,山乌饭树上紫黑的浆果成熟了,可以摘下当果子吃。犹记得小时候与小伙伴结伴到山上玩,看到成簇的山乌饭树的浆果,总会采一把吃。浆果如黄豆,里面有细细的籽,吃起来似有渣,这种野果,吃多了嘴唇会变得乌黑,好像中了暗毒。这树的果子,据说是蓝莓的一种。

采下山乌饭树的叶子,捣汁后,用来浸泡上好的稻米,可做成乌米饭、乌饭麻糍和乌叶馒头。乌米饭有粳米做的,也有糯米做的,我最爱吃糯米做的乌米饭,做好的乌米饭油黑乌亮,饱满莹润，墨黑中透着青蓝的光，香糯可口。

乌米饭可甜可咸，甜的撒点绵白糖，咸的加蚕豆、豆干、虾干、咸肉或火腿肉。我素爱甜口，咸的乌米饭很少去碰。去年在食补堂吃了一碗咸口的乌米饭，香气四溢，别有风味。食补堂的餐厅是以二十四节气命名的，布置得十分文艺小清新，记得那次是在“立夏”的包厢里吃的乌米饭，十分应景，是才子陈波组的局，一帮好友皆风趣，说了一晚的俏皮话，没怎么喝酒，但吃得尽兴又开心，跟有趣的人在一起，吃什么都是香的。

家乡除了立夏吃乌米饭，农历四月初八牛生日，也要吃乌米饭和乌饭麻糍。有一年立夏，正好在南京出差，想吃乌饭麻糍，没找到，意外地，吃到了南京的乌饭油条。蒸熟后的糯米饭乌黑发亮，放点白糖，将油条对折嵌在乌饭里，乌饭油条里有南烛叶的清香，还有油条的脆香，咬一口，香、甜、糯、脆，让我想起夏日早晨，青草收割后倒伏在地时的气味。

春和夏，有无数的草木滋味充溢在我们的唇齿间，初春的荠菜馄饨、紫云英炒年糕，清明的青团、青饼，立夏时的乌米饭，端午的箬竹叶与粽子，都带着草木的天然清气。

杭州旧时有立夏歌谣：“夏饼江鱼乌饭糕，酸梅蚕豆与樱桃，腊肉烧鹅咸鸭蛋，海蛳苋菜酒酿糟。”简直就是一首初夏的风物诗。立夏时节，樱桃红，梅子青，枇杷黄，桑葚紫，青草池塘已有鸣蛙，吃一碗乌米饭，感受初夏大地上的草木滋味，是生活中的小确幸。

吃过乌米饭，江南正式迈过夏的门槛。

甜酒酿

冬至前，二姑姐回了一趟乡下。回来时，带回一搪瓷锅的甜酒酿。

每次二姑姐回家，总要带回些乡野的好东西，要么是水灵灵的萝卜、碧绿的油冬菜、白嫩的黄泥笋，要么是青团、食饼筒之类，有时是一只老鸭子，甚至是一盒红娘(野草莓，即鲁迅笔下的覆盆子)。具体带回什么好东西，要看她是在哪个节气回的老家。

先生下班回家，一看到甜酒酿，很是高兴，说，哈，晚上有甜酒酿吃了。

先生嗜甜，尤其喜欢吃甜酒酿。他在家里，是远庖厨的君子，但也有例外，只要我的二姑姐——他的二姐带回家乡的甜酒酿，他总是兴致勃勃地抢了我厨房的活计，说甜酒酿由他“亲自”来烧，唯恐

我烧的甜酒酿达不到他的标准，糟蹋了好东西。要知道，对这么一个远庖厨的正人君子，为了哄他多下厨，当个贤夫良爹，二十多年我使尽招数都不能如愿，而一碗甜酒酿，让他自动地、昂然地、兴致勃勃地走向厨房重地。他会在烧滚的甜酒酿里加一个或两个打散的鸡蛋，做一碗酒酿蛋花羹，金黄的蛋花丝丝缕缕地飘散在酒酿中，像国画颜料在宣纸上洇开。借用陈晓卿的语言，鸡蛋“徐徐倒进碗中，蛋花焰火般散开”。这时，在边上，我能做的，就是把那瓶秋天腌渍的糖桂花拿出来，递给他，让他撒点糖桂花在酒酿里，增加点色香味。

甜酒酿在厨房里散发着酒味和香气，我在阳台上都闻得到，阳台上的花花草草想必也闻得到。先生跟我说过，他小时候的理想是，长大成人后，每周吃一只土鸡，吃一次甜酒酿。这个理想看似不远大，但至今实现不了。在菜场上买到的鸡，通常不够“土”，而甜酒酿，因为忙，我也只能偶尔做个几回。

从小他是吃惯甜酒酿的。有时候，二姑姐久不回老家，他久未吃到家乡的甜酒酿，下班时，会到家门口的超市，买一盒塑封好的甜酒酿。吃完，总是怅然若失，说味道跟老家的差远了。

在他的老家，甜酒酿是一年吃到头的。过年时吃，清明时吃，端午时吃，小暑大暑时吃，冬至时吃，反正想吃就可以吃。他的奶奶，他的妈妈，他的姐姐，他的七大姑八大姨，没有不会做甜酒酿的。

说到做甜酒酿，就要说到酒曲。乡间有一种植物叫红蓼，就是拿来做酒曲的，我在《江南草木记》里写到过它：红蓼亦是酿酒的材料。在乡村，至今还有人拿它当作酒引子。红蓼的别称就是酒药草、酒曲草等，这些名字，多多少少透露出红蓼的底子。好像一个人被唤作酒鬼，总该有不小的酒量打底吧。秋天时，乡人去水边采集红蓼的籽，揉在面粉里，搓成一个个丸子，置于阴湿地方，发霉出乌花，就成了“曲霉”，这“曲霉”，是酿酒中少不得的玩意儿。

早些年，家乡的集市里，都有红蓼做的酒曲。至今，在一些乡村，做白药酒（甜酒酿）时，主妇也会用上红蓼酒曲。做出的甜酒酿略微带着酒气，更加香甜。

除了用红蓼做酒曲，乡里的妇人煮甜酒酿时，会放几瓣荼蘼花瓣到锅里，满锅的香甜，简直要把人醉倒。荼蘼还可煮粥，把荼蘼花瓣用甘草汤烫过，粥熟后，放进去，略煮片刻，即可食用。荼蘼粥极其香美，喝一口，齿颊留香。宋代的林洪在《山家清供》里也写到，他到寺庙拜访僧人，僧人中午留他喝粥，喝一口，很是香甜美味，一问，原来是加了荼蘼花瓣。

在江南，甜酒酿一年四季都可以做，夏天天热，发酵的时间短，是做酒酿的好季节。做好的酒酿放在冰箱里，小暑大暑时，带着燥热回家，喝点清凉甜蜜的酒酿汤水，暑气一下子消退了。过去没有冰箱，三伏天，把装着酒酿的陶瓷钵头放在竹篮子里，吊到水井里，西瓜、甜瓜也放在网兜里，吊到井里，想吃时拎上来，吃一口，透心凉，真叫舒坦。

酒酿以糯米做的味道最好，发酵好的甜酒酿带着酒味，糯米晶莹透亮，不是一粒粒散开的，而是连在一起的，米酒清洌甘甜。想吃甜酒酿，就挖一块出来，蒸熟烧熟都可以，加上鸡蛋花，看上去明艳动人，或者加一些糯米小汤圆，炮制出一道香甜可人的酒酿汤圆。

在江南，立夏的时候，要吃乌米饭，不过在家乡，吃食饼筒、甜酒酿的人似乎更多。家乡把立夏称为“醉夏”，有祭神、尝新、饮酒、称体重等习俗。先生的老家在天台，这一天，甜酒酿是必吃的，天台人称甜酒酿为“白药酒”。酒酿里多少有点酒味，喝了表示迎夏的意思。除了吃酒酿，还要吃健脚笋、青梅等，至于主食，则是食饼筒，民间称“醉夏筒”。到了立夏，肥大鲜嫩的冬笋、春笋已落市，只有一种细小修长的健脚笋，据说吃了可以健脚力。

在乡野，乡人为了补力，吃酒酿时，常会打整个的鸡蛋下去，叫酒酿炖蛋。我第一次吃酒酿炖蛋，是作为新媳妇跟着先生回他老家走亲戚，走一户人家，就是一碗桂圆鸡子茶，要不就是酒酿炖蛋，鸡蛋都是成双的，不是四个就是六个，天天如此，简直把我吃撑。后面几天，酒酿和鸡蛋实在吃不下了，我就只喝酒酿的汤汁。早年我是滴酒不沾的，连吃块酒心巧克力都会晕乎乎，现在能喝一点黄酒，估计跟吃多了酒酿有点干系。

六月六，漾糕熟

夏至过后，就是小暑大暑节气，光听一个“暑”字，就觉得燠热。蓝色牵牛花已爬满了墙，白色的茉莉花开了一茬又一茬。到了农历六月六，小暑已过，到了大暑，是一年中最热的时候，稍微一动就汗津津。院子里的木槿花开得十分好，木槿花早上精神抖擞，到了傍晚就蔫头耷脑。双休日的早上，我通常会到院子里摘两三朵木槿花，做一碗百合木槿花羹。剪去硬实的花蒂花梗，花瓣散开，放清水里漂洗一下，锅里的水烧开后，加入冰糖、枸杞和前一晚泡发好的百合。水开百合熟，扔下木槿花，略微烫一下，就是一碗清甜的百合木槿花羹。这道羹是我出差时，受龙泉木槿花豆腐羹的启发，回来后炮制的，想想还有几分得意。如果此羹为苏东坡首创，说不定会命名为东坡甜羹。

有了木槿花羹后，省去了煮绿豆粥或绿豆汤的麻烦。到了六月六，木槿花羹可吃可不吃，漾糕却是必须吃的，在家乡，有五月五的粽子，六月六的漾糕，七月七的糖龟。只是六月六，到底比不得端午和七夕受重视，民谣倒是有的，“六月六，狗洗浴”“六月六，晒红绿”“六月六，漾糕熟”，家里不养猫儿狗儿，自然不用为它们沐浴，而花花绿绿的衣服，在入伏后，早就晾晒并收好了，并不用等到六月六。所以，六月六要做的事情，就是吃漾糕。

家乡的漾糕有两种，一种是米粉做的，一种是麦粉做的。米粉做的漾糕叫米漾糕，看上去白白胖胖、松松软软，像东北雪乡屋顶上厚厚的积雪，在江南，这样的积雪很少见到，最多是薄薄的一层，如五月楝花被风吹落在地。米漾糕外表雪白，表面光滑平整，而内里蓬松如海绵，用手一按，很有弹性，软软的，如同按在小孩白胖的脸颊上，手按上去的地方，略微低一些，手一放，马上恢复原状。用手掰开漾糕，里面是一个一个的小孔，有点像蜂巢，不过没有那么密实，它的小孔是疏朗的。漾糕带有稻米的清香，在江南，夜凉或者清晨时，到稻田边，稻穗沾了露水，风吹过，你会闻到稻禾的清香，而白漾糕就有这种好闻的气味。

家乡的漾糕是用辣蓼做成的白药发酵成的，大凡用辣蓼发酵的糕点，都格外的松软和香甜，还有隐约的酒气，也有人说是轻微的酸味。漾糕发好后，变得松软膨胀，在上面撒些红绿丝。取一块漾糕在手，松软温绵，捏上去有咬嚼感。白漾糕最让人称道的，是它松软却爽口，是谓松爽，用广东人的说法是，弹牙爽口。

家乡的漾糕还有一种，是用小麦粉加红糖做的，口感也蓬松柔软，不粘口，只是颜色是淡巧克力色，看上去有点乡土气，没有

稻米的清气，但是有红糖的甜香，我总觉得它是馒头段的兄弟。在家乡，红糖加麦粉做成的长条糕点就叫馒头段，家乡有“麦来馒头段，米来漾糕块”的说法，所以吃小麦粉做的漾糕，我总感觉是在吃馒头段。我偏爱米粉做的漾糕，光看雪白的颜色，就让人食指大动。

在家乡，漾糕也有写成烊糕的，烊的意思是把糖溶化，而我更喜欢用漾字，那是夏日微风吹过水面，漾起的一圈圈波纹，当你吃一口漾糕，米浆的香气在你的舌尖如波浪一般荡开来，你立即感觉到温柔和放松，这就是漾的真谛。在家乡，“漾”字还有发酵的意思，如“漾馒头”。做漾糕时，漾（发酵）是关键，漾过头了，吃起来不松软，有硬渣，气孔粗大；没有漾到位的活，又少了那份弹性。

旧时，每到六月六，街头就有人挑着担子卖漾糕，一扇糕，圆大如盘，外形很像生日蛋糕，但口感完全不同。漾糕温润如玉，入口软糯，因为质地太松软，漾糕不能用刀切，而是用线斜割成一块一块。漾糕不只六月六这一天有，六月六之后，也常有人挑着担子在街上叫卖：“漾糕——灰青糕——”

等到白露过后，天气转凉，漾糕不容易发酵，口感变差，街上就没了漾糕的身影。

漾糕容易变酸，卖漾糕的都是半夜起来做好，天一亮就挑着担子出门，从乡下到城里，有的要走十几里路。卖不完的漾糕，只能自己和家里人吃，赚的真当是辛苦钱。

白漾糕在三门被叫成米浆糕。仙居也有米浆糕，色如凝脂，软如豆腐，近乎透明，蒸熟后，可蘸白糖和酱油食用，也可以煎成四面焦黄。若放汤，则成了米浆糕汤。夏日里，摘下南瓜花和丝瓜花，与稻米一同磨成米浆，一层一层浇上去，浇好的米浆糕有十五六层，故又称千层糕。蒸好后的米浆糕，颜色淡黄透明，这样的米浆糕，更接近于七月半吃的灰青糕。

苏州有种米风糕，外形与口味都跟家乡的漾糕接近，一笼米风糕，用一把类似钢丝锯的竹弓切开，切口的断面布满了孔洞，热的时候微微粘牙，略带点发酵味，凉的时候，则又松又软，入口即化，不过，市面上已经很少看得到了。

七月七，吃糖龟

箬山之得名，据说是因岛上曾盛产箬竹。在南方，箬竹的叶子多用来包裹粽子。箬山以石著称，石头砌的屋、石头铺的路、石头搭的墙、石头雕的窗。箬山三面环山，西南濒海，居民皆住半山腰，二月春风似剪刀，夏秋的台风如青龙偃月刀，台风发飙时，会把屋顶掀翻，所以这里的屋顶总要压上大大小小的石块。有两句诗形容箬山风情，一句是"千家石屋鱼鳞叠，半住山腰半水滨"，这句纯粹是现实主义，而另一句"人家住在潮烟里，万里涛声到枕边"，则充满浪漫主义。

箬山跟福建有千丝万缕的关系，箬山的先民都是从福建泉州、惠安一带迁移而来的，岛上至今保留着浓郁的闽南风情。我在箬山街上行走，时不时会听到几句闽南话。上了年纪的阿婆，发髻上插着

一根银簪，有时还插着一朵两朵的花。明明是浙东南的一个海岛，我却恍然间以为到了闽南渔镇。

扛台阁、七夕小人节、七星锣鼓、大奏鼓、百鱼灯会，是箬山独有的风情，元宵时的箬山有火树银花，百鱼灯会中的黄鱼灯、马鲛灯、海豚灯、墨鱼灯、鲳鱼灯、龙虾灯、花蟹灯……依次出场。俊俏的孩子穿着古装衣服，扮成各种戏曲中的人物，骄傲地坐在流光溢彩的亭台楼阁中，由村里精壮的汉子抬着前行，锣鼓压阵，仙乐飘飘，这一刻，每个村落都是喜庆热闹的。

到了七夕节，别处的人看着夜空，等着牛郎织女一年一度的相会，而在箬山，七夕节却成了特有的小人节。虽是小人的节日，也是丝毫马虎不得，一大早，门口的供桌上就摆放着彩亭或彩轿，彩亭里有姿态各异的绢人，底层是织女或妈祖，两翼为假山花园。闽南民间称织女为七娘妈，视之为小孩的保护神，所以到了七夕，有小孩的人家会准备糖龟、鱼鲞等供品，祭拜七娘妈，祈求七娘妈保佑孩子健健康康、平平安安。

在箬山，糖龟是七夕节最重要的食物。箬山方言中，糖龟要读成糖阄，发"究"的音。糖龟是用糯米和粳米加上红糖，在石臼里捣成的软而糯的糕团，红糖用的是本地红糖，用农家田头的甘蔗制成，醇香浓厚，甜而不腻。这种色泽偏黄的土红糖除了上色，还可以给米粉增加额外的香甜。糖龟的做法，与捣年糕并无两样，只是捣出来的，是红糖味的糕团。纯手工捣捻出的口感，远胜于机器压制。

捣好的糕团用印模印上各种图案。糖龟的印模子，是用木头雕刻成的，长二十厘米，宽十厘米左右，里面是凹进去的，各家的印模都不同，但都是吉祥图案和吉祥字眼，最多的是乌龟和金鱼的印模，乌龟寓意福寿绵长，金鱼代表年年有余，也有梅花与喜鹊，是喜上眉梢之意，还有龙凤呈祥。糕团放在印模里按压，印出来的图案有如浮雕，立体感很强，看上去拙朴又有古意，糖龟的背面或者四角，还有福、禄、寿、喜等各种浮雕字。大人们印大花图案，小孩子在边上凑热闹，嚷嚷着也要动手，大人拗不过孩子，拿小一些的圆形印模给孩子试手。糖糕印坏了也不要紧，把糕团拿出来重新揉一下，放回去再印。剩下的边边角角，也不会浪费，孩子们早就抓进嘴里，吃进肚里了。

糖龟有大小之分，大的称“大阄”，小的就叫“小阄”。大的是长方形的，三斤左右，看上去像一块汉砖；小的是圆形的，半斤上下，外形像一块铁饼。前些时候，去黄岩博物馆看了本土收藏家王裕祥的汉砖展，一块块古朴的汉砖里，有花鸟鱼虫，神态毕现，一时间走神，就想到了糖龟。

除了小人节，十二月年边的捣糖龟又是一阵忙活。在渔乡，糖龟是最有年味的糕点，谢年祭祀时少不了，女儿回娘家或亲朋来拜年，总要做一些糖龟作为回礼。家里头办喜事，也要有糖龟。糖龟软糯香甜，可以蒸着吃，也可以切片炸了吃，外面焦黄，里面软糯，别有风味。糖龟包上保鲜膜，放在冰箱里，一年都不会坏，想吃随时吃得到。

糖龟跟大奏鼓、小人节一道，成了箬山的标签。为了这块糖龟，央视不远千里跑来拍片，片中的一句话，我印象很深：“这种软糯可口的糖糕，国内多地可见，不过论块头和体积之大，还得数浙江石塘镇的糖龟。”糖龟里面，是渔家的粗犷与豪放。

七月半的灰青糕

橘红与灰青是大自然的两种色彩,桂花与梅花是秋冬里的两种植物,但在家乡,它们被用来命名糕点,于是便有了橘红糕、灰青糕、桂花糕、梅花糕,这样的命名,让这些稻米做的糕点,沾上了植物的清气,并有了明丽的色彩,多了几分文艺气质。

过去在临海,灰青糕是常吃的。我很喜欢灰青糕的颜色,灰与青交织在一起,灰色是比银色黯淡的色彩,如天地初开时的混沌,有点压抑,有点冷寂,而青的色彩比灰丰富多了,比如翡翠里就有油青、花青、干青,光一个青瓷里的青,就有粉青、梅子青、豆青、蟹壳青、翠青、天青等。想分清每一种青色,并不那么容易。灰青糕的色彩,如江南庭院天井中的方块青砖,比"雨过天青色"的青要略深一些,它不是雨后天空那种明净的色彩,而是暴风雨

来临之前乌云压城之时的灰青。青色与灰色搭配在一起，有点寂寞，有点空灵，又有点神秘与含蓄。

灰青糕凉而软，看上去有一种果冻般的质感，它好像淡然出世的隐士，一切都是淡淡的，淡淡的凉，淡淡的甜，淡淡的香。

千年台州府对吃一向讲究，立夏的乌米饭，四月八的乌饭麻糍，六月六的漾糕，七月半的灰青糕，九月九的重阳糕，十二月年边掏糖糕。什么时候吃什么糕点，都是有讲头的，用现在的话来说，就是生活有仪式感。

七月半是鬼节，要准备食物祭祀祖先，要放荷花灯或在路边烧纸钱，让另一世界的人不至于衣食无着，这亦是一种温情。家乡各地七月半的食物不尽相同：有吃糖心糕的，有吃食饼筒的，有吃麦饼的，有吃桐子叶包、糕干坯、豇豆莳的，也有吃灰青糕的。

吃灰青糕，是临海人过七月半的标配。平素里，街头似乎很少见到灰青糕，有时肚子里冒出馋虫，想找块灰青糕解馋也难，平常人家更是少做，嫌麻烦。而到了七月半，街头巷尾一下子就冒出不少灰青糕来，菜场上也有灰青糕卖，在乡下很多地方，早在前几天，就已经飘着稻草灰的味道了。

制作灰青糕，必可缺少的一个环节是烧稻草灰。烧稻草灰要用没有淋过雨的稻秸，稻秸烧成灰后，滗汁备用，也有改烧为煮的，直接把稻秸放在锅里煮出水来。稻草灰是碱性的，有草木味，亦能开胃健脾。稻草灰除了用于做灰青糕，还可以做年糕、做碱水粽，味道比寻常的做法要好。

新米在稻草灰水中浸泡，用石磨磨成米浆。乡人在磨米的时候，会加入三五朵天罗丝花，天罗丝是本地方言，就是丝瓜。夏日里田间常见丝瓜，长长地垂挂着。丝瓜拿来烧汤是极好的，待秋日丝瓜老了，果肉有了筋络，是天然的洗碗布。夏日，丝瓜开出一朵朵金色的花朵，摘下三五朵，磨米时加入，除了丝瓜花，米浆里还要加糖和薄荷，这样做出来的灰青糕，有丝丝的凉意、微甜的口感，如夏天里的一把草扇子，扇一下就落下来一阵清凉的风。

一切准备就绪后，米浆就上了蒸笼。家乡的方言，把蒸说成炊。北宋为避仁宗皇帝赵祯的讳，“蒸”字就成了“炊”字，南宋周密《齐东野语》中写道：“昔仁宗时，宫嫔谓正月为初月，饼之蒸者为炊。”家乡沿袭古风，一直就用这个“炊”字。

浸泡了稻草灰水的米浆，缓缓倒入铺了炊巾的竹蒸笼，米浆不能一次倒光，要耐着性子一层一层地加，等下面一层快要蒸成形的时候，再加第二层。如此这般，就有七八层甚至十多层，放在乡间的大镬灶上，用木柴烧，这样蒸出来的灰青糕，最能保留传统的风味，是用别的锅灶所不及的。

蒸熟后的灰青糕，有隐隐的草木清气。这种清气，来自稻草灰和丝瓜花，还有竹蒸笼的清香。蒸熟后的灰青糕，每一层都是薄薄的、软软的、滑滑的，找把竹片，把灰青糕划成菱形，放一块在手心，颤颤巍巍，如青草糊一般，又如果冻，富有弹性。用舌尖一抵，就能感受到甜香，轻轻抿一口，软滑温香，细腻柔滑，淡淡的清香直入肺腑。婉约的人，咬下一小块，细细品尝，让舌尖感知米浆的香、红糖的甜、薄荷的清凉、稻草灰的草木滋味；豪放些的，一口咬去，少了一半，灰青糕在喉咙打滑了一下，还来不及感受到它的美味，咕隆咚就滑下去了，再一口，一块灰青糕囫囵吞全下肚了。吃的人只道好吃，还要再来一块。如是者三，才道过瘾。

丽水松阳也有种灰汁千层糕,以籼米粉用灰碱水或丝瓜叶汁调成糊状蒸制,用蒸笼炊熟,也是一层接一层地蒸熟,熟后分明可揭,取个“百事吉利,年年长高”的口彩。灰汁千层糕跟家乡的灰青糕十分相似,只是松阳的灰汁千层糕,出现在重阳节。

天青色等烟雨,灰青糕我等你。

八月十六吃糕囡

若论名气，糕囡的名气不如梅花糕、重阳糕、灰青糕。在家乡，秋天里要吃三种糕，七月半的灰青糕，八月十六的糕囡，九月九的重阳糕。

在家乡，凡是蒸笼里蒸出来的糕点，都包含着“蒸蒸日上，步步高升”的意思。中国人喜欢讨口彩，庄稼地里的芝麻开花，被赋予节节高的意思，田野里的一只蝗虫，画在纸上，就有“飞黄腾达”之意，更不必说本身就带有“糕”（高）字的各式糕点。

吃完了灰青糕，就盼着中秋的糕囡。在家乡，元宵是正月十四过，中秋则是在八月十六，按照旧俗，要吃鸭煨芋头、糕囡和糖霜饼。家乡的芋艿长得小巧而粉糯，剥了皮，变得灰白，用来烧鸭子、做甜点，都十分美味，老话道，“八月十六一肚哽，新鸭老鸭芋头梗”。中秋时，家乡不吃笋干烧老鸭，而是吃鸭煨芋头,也是有讲头的。芋艿最先长出的块茎叫“芋头”或“母芋”,母芋上长出的球茎称为子芋,子芋又会长出孙芋,甚至可以长出曾孙或玄孙芋,子子孙孙都抱团在一起,象征合家团圆,而中秋正是团圆的好日子。

中秋前后的芋头新鲜粉糯,用来煨鸭子最好不过。“八月十六鸭搓芋”,在家乡,鸭煨芋头又叫鸭搓芋,把老鸭连同芋头炖至烂熟,芋头味道本来是寡淡的,但是与老鸭同炖,鸭汤的醇厚渗入芋头中,等到鸭酥芋糯时,芋头如块块白玉,伏在鸭间,满屋子的鲜香味。袁枚说过:“鸡、猪、鱼、鸭,豪杰之士也,各有本味,自成一家。海参、燕窝,庸陋之人也,全无性情,寄人篱下。”他说鸭子是豪杰,有自己的本味。鸭肉性凉,能去除秋燥中的那股子虚火。家乡老话道:“秋天吃芋头,年年有余头。”吃了芋头,日子变得更有盼头了。

除了吃鸭煨芋头,还要吃糖霜饼和糕囡。糖霜饼就是月饼。说到糖霜饼,有点学问的,都喜欢引用一下清人陈延烈的一首诗,这首诗的题目叫《八月十六吃糖霜饼》:“秋风满径井梧空,此日烹茶兴不穷。饼样团圆同皓月,吃余虫语杂墙东。”诗里的井梧,指的是水井旁的梧桐,因叶有黄纹如井,又称金井梧桐。白居易有“井桐凉叶动,邻杵秋声发”之句,李咸用有“花疏篱菊色,叶减井梧阴”的句子,梧桐是秋的象征物。陈诗人说,中秋时候,井旁的那棵梧桐树落了不少叶,凉爽的秋风吹过金色的梧桐树叶,这样的夜晚,在明亮的月光下烹着茶,吃着如月的糖霜饼,听着墙角传来一声一声秋虫的鸣叫,是件美好的事。这个陈延烈显然是个吃货,中秋写糖霜饼,元宵写糟羹:“豆芽小菜满庭除,万户刀声入耳

徐。五味调烹金鼎沸，只须虾蛤不须鱼。”四月初八又写乌饭馍糍：“馍糍乌饭卖西东，叫上三竿晓日红。来往街衢小儿女，声声争买几青铜。”落笔尽在故里小吃上。

在乡间，中秋月圆时，儿童会在大月饼上凿两个小洞，沿月饼边插三根香，从洞中望月，据说可见月里的嫦娥、吴刚和玉兔，叫照月。

糕囡也是中秋应景的糕点，糕囡的囡在方言中读成 niē，这种 niē 的读音，对应有多种写法——糕糯、糕粘、糕稔、糕囡。糕糯的写法是取其香香糯糯之意，而糕粘是因为它的黏性，至于糕稔的稔，指的是庄稼成熟，稻谷丰富，让我想到“妇姑荷箪食，童稚携壶浆”的乡村景致。我喜欢写成糕囡，囡是江南对小女孩的称呼，而囡头，是家乡对女孩的称呼。“囡头”二字，满是亲昵疼爱，比东北的大妹子、川渝地区的幺妹、广州的靓妹更加亲切，类似于上海人对女孩的称呼“囡囡”。我喜欢把这种糕点写成糕囡，一个囡字，有温暖的人情味，仿佛江南殷实人家的小儿女。何况，糕囡之外，还有糕娘。

家乡过中秋，糕囡是一定要吃的。糕囡有白粉糕、乌粉糕和红糖糕三种。白粉糕用粳米粉和糯米粉做，雪白的；乌粉糕掺了番薯粉，类似于庆糕；而红糖糕，是一层米粉一层红糖，放到饭甑上蒸熟的，熟后是淡赭与粉白相间的颜色。红糖糕中有一种烂眼糕，是将红糖不均匀地揉在糯米糕里，放在饭甑里蒸熟，有一点汪汪的红糖水样，看上去像是发红的烂眼，所以被乡人戏谑为“烂眼糕”。

蒸糕囡的饭甑，是一种用杉木条箍成的炊具，中间用竹篾条箍紧，上大下小，像个小木桶，上方有木盖，两侧有耳，方便端持。饭甑上有孔格，用于透气。饭甑在乡间的灶头时常可见，用来蒸饭、蒸糕、蒸番薯、蒸芋头，还可以用来做白酒酿。也有不用饭甑，用竹蒸笼的。十里不同风，在千年台州府城临海，过中秋吃糕囡，而在天台，糕囡是在重阳节吃的。

天台有古镇名曰街头，是寒山隐居地，镇上有一条古街，古街边上有家早点店，一年到头都卖糕囡。每次跟着先生回他的老家，看到饭甑上冒着热气的糕囡，我们总是停下车子，买一块松松软软、香香糯糯的糕囡。吃到糕囡，才有回到老家的踏实感觉。

九月九，麻糍擂捣臼

前些日子，红糖麻糍出了回风头。在首届中国金牌旅游小吃的评选中，红糖麻糍榜上有名，而且是家乡唯一上榜的小吃，风头一时无二。红糖麻糍这些年来一直低调内敛，在家乡的小吃江湖中，食饼筒、蛋清羊尾、麦饼、麦虾、夹糕……个个久负盛名，红糖麻糍夹在中间，没有什么存在感。这一回，小吃摆擂台，它出场亮相，便艳压群芳。

在家乡，麻糍与年糕经常成双成对出现，“糯米麻糍晚米糕”，做年糕要用晚米，做麻糍要用糯米。过大年，少不得麻糍和年糕，年糕意味着年年高、步步高，而麻糍谐音“无事”。麻糍出现的场合，并不比年糕少，立夏时要吃，重阳时要吃，乡间嫁娶、上梁、入住新房，也少不了麻糍做伴。

“九月九，麻糍擂捣臼。”农历九月初九，天高，

云淡，秋风凉爽又温柔。九月九的捣麻糍，在乡村是很有仪式感的事情。捣麻糍是力气活，十几斤重的石捣杵不是那么好抡的，捣麻糍一般需要双人组合，力气大的挥舞着捣杵，一下接一下，用力把捣杵砸在糯米团上，力气小的打下手，在边上一下接一下翻捋着糯米团。捣杵捶打的节奏很均匀，啪——啪——，砸在软软的粉团上，声音是沉闷的。麻糍捣得越烂，就越软，口感就越好。刚捣出来的麻糍，温热，软糯，蘸点红糖，撕扯着吃，越吃越有味。

印象中，过大年、过清明、过重阳，乡村都要捣麻糍。清明时捣麻糍，会加几把青，把青与糯米粉团一起放进捣臼里捣，雪白的糯米染上了青碧色，就成了好看又好吃的青麻糍。

在家乡，形容年糕和麻糍，有不同的量词：年糕，如树木段，叫一株株年糕；而麻糍，如帘子，所以叫一帘帘麻糍。老父常道："热麻糍糯，冷麻糍韧，烤麻糍香。"无论冷热、烤炒、咸甜，总归是各有各的好。麻糍有各种做法，煨麻糍、炒麻糍、鸡蛋麻糍、红糖麻糍、乌饭麻糍，味道各有千秋。

烤麻糍，最为简单，家乡人称之为煨麻糍。乡间过去用的是柴火灶，在柴火将要熄灭时，把火钳放在余烬中，将麻糍放在火钳之上，用余温把它煨得软乎乎、香喷喷。也可放在锅里烤热，不过，不如在炭火上烤过的香。烤好的麻糍可直接吃，什么调料都不需要，又软又香又糯。

鸡蛋麻糍很受欢迎，旧时有"鸡蛋麻糍过大年"的说法，过年时，一碗香喷喷的鸡蛋麻糍，是镇得住餐桌的一道美食。把麻糍切片，文火煎至两面金黄，拿几个鸡蛋打匀，加点葱花，倒入锅中，热火一煎，象牙白的麻糍外面，粘上了一层金黄的蛋皮，一股子的蛋香，鲜美软糯，带着麻糍特有的“韧纠纠”的口感。平日里，一碟鸡蛋麻糍，加一碗豆腐花或豆面碎，是家乡人元气满满的早餐。

炒麻糍最为常见。这些年来，杜桥麻糍名声日隆，如果小吃店里一长溜的菜单上有炒麻糍，道行深的食客往往会来一句，是杜桥麻糍吗？这一句问话，让摊主立马提起三分精神，因为这样的食客挑剔且内行。

杜桥麻糍的美味，在于它配料的考究，有肉丝、鸡蛋丝、笋丝、香菇丝、绿豆芽、豆腐干，甚至还有虾干、蛤蜊等海鲜，红黄绿白，将这些馅料在锅里与麻糍一道炒熟，那鲜香的味道，扑鼻而来。我记得多年前在杜桥的“癞头麻糍店”吃过一回炒麻糍，麻糍的鲜美、口感的丰富和它独特的店名，让我至今记在心头。

相比咸口的炒麻糍和鸡蛋麻糍，我更爱甜口的乌饭麻糍和红糖麻糍。乌饭麻糍通常在四月初八出场，有鲜明的时间标志。乌饭麻糍与平常的麻糍长得不太一样，因为加了乌饭叶汁，颜色偏紫，内里是紫红的甜豆沙，豆沙里面有时还夹杂些桂花和芝麻，外面是一层金黄喷香的松花粉。我爱极了乌饭麻糍的香气和软糯甜蜜的口感，这样的软玉温香，是我心中的白月光。

红糖麻糍是另外一种美味，把麻糍放在面板上压平，在麻糍里撒上红糖，还有炒熟了的芝麻粒、花生碎，卷成一长条，再切成一小段一小段，红糖的甘甜、芝麻的香味、花生碎的爽脆，与软糯的麻糍融合在一起，几种滋味夹杂，那独特的口感，是别的麻糍所不及的。

重阳糕

秋天里有两个节气,我特别喜欢,一个是秋分,一个是寒露。重阳节,多半在寒露节气。这段时间,天朗气清,让人神清气爽,大地一片金色,桂花金色,菊花金色,文旦与橘子也是金灿灿的,一个一个饱满地挂在枝条上,有丰收的喜庆。这样一个菊黄蟹肥的好时节,宜折桂,宜酿酒,宜吃蟹,宜做糕。

到了重阳节,“糕诗酒帽茱萸席”,“糕”是放在第一位的。重阳糕的登场,是声势浩大的,如同戏台上锣儿鼓儿响过之后,出来一个背上插着彩旗的大将。重阳糕有个好听的名字,叫花糕,花糕二字,仿佛沾尽百花园里的所有花香,而别的糕点,只能用一种花来冠名,如松花糕、荷花糕、桂花糕、梅花糕。

花糕是五颜六色的。《金瓶梅》里写到重阳节，西门庆率妻妾在花园里的高台上，赏菊花，喝菊花酒，吃螃蟹，吃花糕，日子过得很有仪式感。西门庆是当地的土豪，重阳节自然要热热闹闹地过，西门庆家里的菊花、螃蟹和酒都是人家送的，八仙桌上，摆满了各种好菜。因是重阳，少不了重阳花糕，花糕是糯米粉做的，好几层高，每两层之间，都有各种果料，上面再铺上一层玫瑰酱，蒸出来后，玫瑰花香沁人心脾。旁边再放一碟白砂糖，花糕蘸着糖吃。重阳节，西门庆一家过得忒热闹喜庆。

重阳节里的花糕中，有各种细果，两层三层各不同，这样做出的重阳糕，才是"花糕之美者"。周密在《武林旧事》里记载了南宋杭州城里过重阳节的旧事：饮新酒、遍插茱萸、头上戴菊花，当然少不得吃重阳糕。重阳糕由糖面蒸制而成，内有肉丝、鸭肉，缀以石榴、栗子、白果、松子之类，上面再插五色小彩旗，还用五色的米粉做成狮子。宋代的餐饮服务业里，有个专门为蜜煎设立的部门，就叫蜜煎局，重阳糕里的各种蜜饯干果，就是来自蜜煎局。有宋一代，真是风雅得彻底。

重阳糕上插彩旗以代替茱萸，在家乡也很常见。美术史学家王伯敏先生在《回忆少时学剪纸》里，写到在老家温岭过的重阳节："九月九，街上卖重阳糕，重阳糕上插'重阳糕旗'。旗有画的，也有纸剪的。"重阳糕旗是三角形的，贴上竹签，插在糕上。少年时的王伯敏想要这好看的彩旗，就向母亲要了钱，多买了几块重阳糕。买糕不是目的，要彩旗才是目的。所以重阳糕到手后，他把糕交给母亲，自己拔下糕上的彩旗，兴高采烈地找同伴玩去了。有一年，重阳糕旗有十种，刻的全是戏曲故事，每一种都不同，那天生意好，糕卖光了，为了满足买主的要求，摊主就专卖彩旗，王伯敏看着十分喜欢，把这十面彩旗全买下了。这十面重阳糕旗，是按戏曲的号次用纸剪的，有二度梅、三雅园、五世同堂、七星灯等。重阳节买来的彩旗，王伯敏放在家里，一有空就会拿出来看，觉得有意思极了。这些彩旗，给了少年的他以艺术的熏陶。

家乡做重阳糕，考究的人家，要做成九层高。家乡另有一种九层糕，是用米粉和稻秸灰淋水，拌成粉浆蒸成的，蒸熟一层，再浇一层，直至九层为止，谓之“九重高”，这种九层糕又叫灰青糕，因其糕色青灰，故名，但灰青糕是在七月半吃的，糕里面没有别的花头。重阳的九层糕就不同了，简单点的，糕里要有板栗，复杂点的，要嵌入金橘饼、葡萄干、松子、杏仁、栗子、红枣或蜜枣等各色果子，上面撒一些桂花，再用米粉做两只雪白的小羊，取重九、重阳（羊）的吉祥喜庆之意。蒸熟后，再划成一块块分而食之。

在家乡，重阳还有一种糕点，叫方糕。重阳节时，娘家要给出嫁了的女儿送方糕，通常送两个大方糕、九个小方糕，也有送十八个小方糕的，表示“二九”相逢之意。方糕又叫状元糕，色白如雪，糕上有一点红，带着几分喜气。

给女儿家送糕的习俗并非吾乡独有，只是对旧时风俗的延续，明代的《帝京景物略》中就记载：“九月九日，载酒具、茶炉、食榼，曰登高。……面饼种枣栗其面，星星然，曰‘花糕’。糕肆标纸彩旗，曰‘花糕旗’。父母家必迎女来食花糕。”而在明人谢肇淛的记录中，九月九日天明时，要以片糕搭儿女头额，口中念念有词，祝愿子女百事俱高。

九九重阳节，菊黄、蟹肥、酒浓、糕香，在江南，重阳节有着别样的人间温情。只是对于我来说，把酒临风、持螯赏菊的乐趣，远甚于吃糕。

吃过冬至圆，就算长一岁

冬至前后的节气，不是小雪大雪，就是小寒大寒，光听名字，就要打个冷战。水仙球养在清水里，还只是个蒜头样的球茎，梅花还没有开放，阳光那么淡，风凛冽有力，乡间苦寒，玻璃窗上有时会结满白花花的霜，如知堂老人所说的"都变成了花玻璃"。冬天里，白天总是显得很短，而夜晚显得很长，到了冬至，是白天最短、黑夜最长的一日。冬至的阳光是淡淡的，草木的枝干在白墙上有或疏或密的投影，恍然间，以为是郑板桥的墨竹画。很快地，墙上的影子随着阳光而消失。只要看了阳光的投影，就觉得光阴匆匆，又到岁末。

家乡有句俗话，"冬至不到勿讲寒"，意思是冬至前的冷都不算冷，到了冬至，才开始彻骨的冷。数九寒天，就是从冬至日开始算的，古人风雅，画一枝素梅，枝上有九朵梅花，共九九八十一个花瓣，冬至日，拿朱笔填充第一瓣，八十一日过了，纸上红梅一片，就是春暖花开，称为“数九”。

冬至是个特别的日子，旧时有“冬至大如年”之说，可见古人对冬至节气的重视。马未都说，冬至的民俗，在北方就剩下了“吃饺子”这一点儿了。在江南，冬至总有各种各样的过法。吴越之地，把冬至过得如百花齐放般丰富。苏州人过冬至，最是讲究，要有十样冷盘，意为十全十美，热菜是八菜一汤，点心是四喜饺和冬至圆，“冬至馄饨夏至面”，他们还要吃馄饨。在他们的冬至宴里，蛋饺叫“元宝”，肉圆称“团圆”，鱼叫“吃有余”，黄豆芽叫“如意菜”，既要团圆又要发财，苏州人好事一样都不肯落下。为了讨口彩，他们把粉丝叫成“金链条”，苏州人这是有多财迷啊。

杭州虽然是古都，但过冬至就简单多了，一日三餐，顿顿年糕，早上是甜甜蜜蜜的芝麻粉拌白糖年糕，中午是青菜冬笋肉丝炒年糕，晚餐换成了汤年糕。冬至吃年糕，年年长高，步步高升。

家乡在浙东，到了腊月，鱼鲞陈列、腊肉风干、酱肉垂挂，腊月里就有年的味道。过冬至，少不得八碗九碗的菜，更少不了冬至圆。家乡人把过冬至称为“做冬至”，把过清明称为“做清明”，而其余的节日，都不用这个“做”字。“做”的标志，是烧菜做圆子；“做”的目的，是长幼咸集，家人团聚，敬神祀祖。在家乡，做冬至，要有红烧猪肉、豆腐、萝卜，别的菜，则可看各家意愿。但冬至圆是标配，“家家捣米做米团，定是明日冬至节”，没有冬至圆，那还叫过冬至吗？

冬至圆有个很乡土的名字，叫擂圆，也叫硬擂圆、翻糙圆，这

些个小名,透着几分豪放的味道。

冬至圆意味着合家团圆。关于冬至吃圆,海边人家有讲头,说过去渔民出海打鱼,一条命系在风浪上,女人在家牵肠挂肚,就把糯米粉做成圆子,在冬至那天用来向上苍祷告,祈求家人平安,由此有了吃冬至圆的风俗。

做冬至,女人自然是主力,把糯米粉揉搓成团,捏成圆子,里面放入豆沙、芝麻、桂花馅,用虎口收成尖角,放入蒸笼里蒸熟。圆子熟后,顶端有一小尖角,像年画上小孩头上的冲天辫,有三分俏皮。

蒸熟的圆子白白胖胖,看上去有几分婴儿肥,放在炒熟的豆黄粉上滚上几滚,让它全身披上黄金粉。豆黄粉也叫炒粉,是把生黄豆炒熟后磨成的细粉,豆粉中拌入红糖,带着黄豆特有的豆香和红糖的甜香。把冬至圆在豆黄粉里滚来滚去的过程,家乡人称之为"擂",意为"财圆(源)滚滚来"。渔乡松门有种米擂,是把包了咸馅的圆子,放在涨得白胖的糯米中滚过,再放在蒸笼里蒸熟,称之米擂,也有人写成米雷。仙居也有在糯米中滚过的圆子,仙居人把它与科举扯上干系,称之为"状元球"。在中举者光环的加持下,这道普通的圆子似乎身价高了一些。

在豆黄粉中滚过的冬至圆叫"擂圆",有圆圆润润、团团圆圆之意。擂过的圆子,不黏,也不烫手,手捻有滑润感。吃一口,软糯香甜。沾了豆黄粉的擂圆,是土黄色的,外面的豆粉如沙土,粗看像是泥球,年轻人调皮,把擂圆晒到网上去,说过冬至,穷得只能"吃土"了。

冬至圆有甜圆和咸圆两种,取团圆之意,俗称为"小团圆"。

咸圆是把豆腐干、红白萝卜、冬笋、猪肉等切成丁，事先炒熟，加些虾皮和葱花，裹在粉团里。在家乡，有“吃过冬至圆，就算长一岁”的说法，故称之为“添岁”。

年轻人不会做擂圆，冬至前后，菜市场都有擂圆的半成品和豆黄粉卖，买回家蒸一蒸滚一滚就行。也有的去超市买回汤圆，烧熟后捞出来，在红糖里滚一滚，也算是冬至日擂过圆了。

冬至夜是阖家团圆的时刻，外面天寒地冻，屋里暖意融融，一家人在一起，吃三两个香喷喷、热腾腾的冬至圆，喝三杯两盏的冬酿酒，灯火温暖，岁月可亲。在家乡，过冬至仿佛是过年的预演，有着别样的热闹和温暖。过完冬至，就可以数着指头，等着农历新年的到来。

十二月年边掏糖糕

前几天还在抱怨:一味地忙忙忙,满城桂花都开了,连坐在桂花树下喝杯茶的时间都没有。可好,过了这一周,迎来了国庆长假,就想着到山野里放松放松,闻闻山里的桂花香。恰好二姑姐要回老家,就跟着她一块儿回去了。

二姑姐的房子在稻田中央,秋风一起,稻浪翻滚,从阳台上看过去,是望不尽的青山绵延,山下一片片金黄的稻子。心想:如果在这里开个民宿,就给民宿起名叫"田中央",有田园梦的城里人肯定会喜欢。这几年,身边几个女友在山里开了民宿,看她们发的朋友圈,不是流云、星空,就是野花、溪流,让人羡煞。

秋天是乡野的好,瓜呀果呀都成熟了,白天里开着车四下里乱转,打栗子,捣麻糍,中午去农家乐

吃土鸡煲,鸡是自家养的,蔬菜是地里现摘现炒的,碧绿新鲜,每天玩到夕阳西下才晃荡回来,吃二姑姐做的各种面食。二姑姐简直是田螺姑娘的化身,没有她不会的面食,她做的面食,麦饼、糊拉汰、食饼筒、扁食、手擀面、面皮……,不只是我说好吃,朋友们吃了,个个叫好,都怂恿她去开店,说她若去开小吃店,她们就入股。

二姑姐还会做糖糕。糖糕这种点心,小时候常吃,已经有好多年没吃到了。家乡有首儿歌,叫《十二月谣》——“正月灯,二月鹞,三月麦秆做吹箫,四月大麦到,五月粽,六月早稻连香送,七月九层糕,八月斫柴烧,九月大丰熟,十月番薯香,十一月冬至圆,十二月年边掏糖糕。”过年,糖糕是少不了的。

腊月廿三,是小年,民间要祭灶。据说,掌管人间烟火的灶王爷在这一天要上天,向玉皇大帝禀报人间的善恶,让玉皇大帝赏罚。怕灶王爷打小报告,家家户户都要给这位老爷准备点灶糖,吃人嘴软,灶王爷就不会说这家人的坏话,只会说“灶糖,灶糖”(即照常,照常),又有以糖粘住灶王爷的嘴,不让他多嘴的意思。灶糖有些地方是用麦芽糖做的,也有一些地方用糖糕、芝麻酥、糖瓜之类充当灶糖。

在江南的很多地方,只要是加了糖的米糕,就可以叫糖糕,家乡的重阳糕,也被叫成糯米糖糕。在嘉兴等地,糖糕是指用米粉和红糖在糖糕模子里做出的米糕,有各式图案,元宝、寿桃、满龙(盘龙)、双鱼、肥猪等,这些糕点多半要隔水蒸熟后食用。

《西游记》中过女儿国一回里也写到过糖糕:“那八戒那管好歹,放开肚子,只情吃起。也不管甚么玉屑米饭、蒸饼、糖糕、蘑菇、香蕈、笋芽、木耳、黄花菜、石花菜、紫菜、蔓菁、芋头、萝菔、山药、黄精,一骨辣噇了个罄尽……”那八戒的胃口,着实不小。

小时候经常吃的糖糕,是油炸的那种,酥脆诱人。这种糖糕呈V形,有点像夹子,家乡的孩子把它称为“趴脚裤”,在本地方言中,趴脚裤就是开裆裤。小时候过年,家里会炸糖糕,将面团搓成瘦长条,轻柔压扁,铺上一层糖糊,斜斜地切成一小条一小条,对折后,扔进油锅。面条在锅里翻滚着,膨胀着,由白色转为金黄,犹如盛开的花朵,香气弥漫开来。小孩子站在锅边,眼巴巴地等着它出锅。

刚炸好的糖糕,有点像缩小版的油条,金黄膨松,道儿老的孩子知道糖糕中间的对折部分焦脆酥甜,是整块糖糕最好吃的部位。糖糕外酥里嫩,表面有层甜甜酥酥的皮儿,咬起来咔嚓咔嚓响,这种又酥脆又香甜的口感,让人舔着舌头回味。

糖糕跟油条是好搭档,过去,有油条的地方,多半有糖糕。一锅油,炸完了油条炸糖糕。小时候的早餐,万变不离泡饭和油条,有时也会有酥酥脆脆的糖糕、香糯的粢饭团和葱油烧饼。把油条夹在糯米饭团里,撒点白糖,油条的松脆、糯米的软糯、白糖的甜蜜混杂在一起,是让人打一拳都不肯撒手的美食。或者将糖糕夹在烧饼中,内里的糖糕酥脆又香甜,外面是烧饼的咸鲜,又好吃,又饱肚。木心有首诗叫《从前慢》,里面是这样写的:“清早上火车站,长街黑暗无行人,卖豆浆的小店冒着热气。从前的日色变得慢,车、马、邮件都慢,一生只够爱一个人。”

从前慢,不只是卖豆浆的小店冒着热气,还有炸糖糕的摊子冒着香气。

腊八且食粥

小寒大寒间，总会赶上“腊八”。农历十二月初八的腊八节，最重要的食事就是喝腊八粥。

《红楼梦》中说，世上的人都熬腊八粥。金庸的《侠客行》里写，武林高手在腊八这一天，都要去那侠客岛上吃一碗腊八粥。这一天，从南到北，都盛行喝一碗热乎乎的腊八粥。习俗的力量真是比顽石更坚固，腊八粥从宋代开始喝，一喝就是千百年。每逢腊八，不论是庙堂之高，还是江湖之远，都少不了一碗腊八粥。

腊八粥是大杂烩，各色果实杂陈，红红白白黄黄都有，糯米、红糖是少不了的，通常还要加上十多种干果，有红枣、桂圆、核桃、白果、杏仁、栗子、花生、葡萄干、芝麻之类，和水掺在一起，煮得热热乎乎、甜甜蜜蜜。难怪老舍说，腊八粥以各种米，加各

种豆,再加各种干果熬成,腊八粥"不是粥,而是小型的农业展览会"。梁实秋先生回忆起喝粥往事,写到他父亲的二舅父三更半夜起来熬粥,辛辛苦苦倒腾几个小时,就是为了让一大家子的人在腊八的早上,一起来就能喝到一碗香甜可口的腊八粥。

小时候,每到腊八这一天,外婆都会在煤饼炉上,早早地熬上一锅腊八粥,文火在锅底徐徐绽放,粥在锅里"噗噗噗"地翻滚着,外婆时不时地用长柄大勺搅动,防止粘锅,粥香在空气中弥漫。浓稠的腊八粥,热烫烫、香喷喷,绵滑香甜,里面有金黄的小米、白胖的糯米、圆润的莲子、暗红的干枣、深红的赤豆、牙白的扁豆。家里就我和外婆两个人,腊八的早晨,一人一碗粥,拌上红糖,稀里呼噜地喝个尽兴。外婆走后,我再也没有喝到过这么好喝的粥了。

中国人年节的吃喝里,寓意是很多的,比如冬至吃圆,意为阖家团圆,腊八喝粥,是对来年风调雨顺的祈盼。"腊八祭灶,新年快到,闺女要花,小子要炮,老妈子吃着桂花糕,老头子戴着新毡帽,吃过腊八饭,就把年来办"。

我的一位朋友,是大学里的哲学教授,也是一名居士。他说,与禅最亲密的是茶,而与佛最接近的,就是粥。他说的话,三句不离哲学与佛学,又玄乎又深奥。

哲学教授没有蒙人。腊八粥又称佛粥,相传佛祖释迦牟尼是在腊月初八这天悟道成佛的,故这一天,佛寺僧众都要诵经演法,取香谷及果实等造粥供佛斋僧,以示纪念。手头有一本南宋周密的《武林旧事》,里面写到腊八粥。南宋的杭州城里,腊八节时,僧人喝的腊八粥里,是胡桃、松子、乳蕈、柿、栗之类,跟现在的腊八粥略有不同,现在的腊八粥里,很少见到乳蕈、柿子、栗子了。

有一年的腊八,我正好陪远道而来的朋友去天台国清寺。当地人说,国清寺的老佛灵得很。在药师殿前,不免双手合十碎碎念,祈愿健康无恙。那一天,喝到了寺里的佛粥——国清寺的佛粥,以红枣、桂圆、赤豆等煮成。在清净的寺庙中,喝着这一碗腊八粥,看着隋梅开了一朵又一朵,冬天的阳光打在黄墙上,显得庄严尊崇,又有几分随意自在。

每到腊八这一天,大大小小的寺庙都要施粥,以一碗粥与众生结缘,这种风俗已延续了千百年。传说喝了寺庙的粥以后,就可以得到佛祖的保佑,因此腊八粥也叫福寿粥、福德粥。一到腊八,杭州的灵隐寺更是人山人海,有人天蒙蒙亮就来排队,为的就是喝一碗寺庙里布施的腊八粥。寺庙里的腊八粥是开过光的吗?不知道,只知道年年这一天,寺庙门前,队伍都是排成长龙的。

稻香村

芝麻绿豆糕，吃了不长包

江南的立夏节气，往往还是暮春的景致，苦楝树挂着淡紫色的碎花，蔷薇爬满了竹篱笆，到了端午，日光更加明亮，梅子由青转黄，阳台上栀子花那青色的花苞，变成白色的花朵，香喷喷的，折一两枝养在清水里，放到书房，满室香气，想起石屋禅师的“梅子熟时栀子香”，心里头有几分喜悦，几分期待。

眼看就要过端午了，起早到菜场买了几把菖蒲剑，又买了一大把艾叶，挂在门口。至于雄黄酒，就免了。但粽子、绿豆糕和咸鸭蛋还是要吃的。母亲是杭州人，父亲是台州人，家里过端午，有时是按杭州的习俗，吃五黄、吃粽子、吃绿豆糕，有时按照台州的习俗，烧一桌的菜，裹一筒又一筒的食饼筒。

江南人生活精致，光糕点就有上百种，橘红糕、

绿豆糕、灰青糕、水晶蛋糕……有绿有红，有青有黄，皆是赏心悦目的色彩。“芝麻绿豆糕，吃了不长包”，旧时在端午节，要吃粽子，还要喝雄黄酒、吃绿豆糕和咸鸭蛋。在民间，端午要“压邪”——农历五月，古称“毒月”，因时序已交夏令，蚊蝇滋生，百虫出动，所以要消灾防病，用雄黄洒墙壁，室内燃艾条熏蚊蝇，吃大蒜头、绿豆糕以败毒。

绿豆有清热解毒的功效，古人说绿豆能解药物与食物中的毒性，连金、石、砒霜、草木诸毒，都能解除，韩国电视剧《大长今》里，长今的母亲被强行灌了剧毒的附子汤，也是靠着一碗绿豆汤才得以死里逃生。对绿豆能解“诸毒”，我终归有几分怀疑，但在江南，夏日用绿豆汤解热毒，在民间再是寻常不过。比如小孩起了痱子，大人就用绿豆和鲜荷叶煎汁给小孩服用。各种豆子中，夏日吃得最多的也是绿豆，做成绿豆糕、绿豆汤和绿豆粥之类。

绿豆糕是江南应节的点心。端午前，市面上就有绿豆糕卖。绿豆糕有南派北派之分，北派的绿豆糕是用干的绿豆粉做的，制作时不加任何油，入口松软，吃上去面面的，又称干豆糕；南派的包括苏式和扬式，制作时放油酥，将绿豆粉和油酥拌匀，加入白糖，在印模上先铺一层绿豆粉，加入豆沙，再加入绿豆粉，压实，倒出来蒸熟，口感松软甜润而细腻，有油油的感觉，淡雅清香，温润如玉，吃上去湿湿润润的，一如烟雨中的江南。除了绿豆糕，还有红豆糕、芝麻糕、花生糕，炮制方法类似。这些糕点上，还印着各种吉祥的图案和花纹，看一眼，就让人多了三分欢喜。汪曾祺曾说：“绿豆糕以昆明的吉庆祥和苏州采芝斋最好，油重，且加了玫瑰花。”可见，好吃的绿豆糕里，一定要有油。

家乡的绿豆糕，自然是属南派的，把绿豆煮熟，去皮、晒干、磨粉，加入白糖和麻油入模成形。绿豆糕的颜色甚是清爽，分绿色和黄色，墨绿如水底蔓生的水草，浅绿如枝头的新叶，而浅黄如黄芽菜，作为夏天的小吃，这样的颜色，着实令人赏心悦目。

江南人家爱吃甜，作为甜点的绿豆糕，细润紧密，质地松软，糯软香甜，有清新的豆香味，有种沙沙粉粉的口感，用手捏一角下来，能清晰地感觉到细腻的粉末，含在口中，不用咀嚼，自会慢慢融化。小时候，我跟着外婆生活，不开心的时候，外婆总是从饼干桶里拿些绿豆糕、定胜糕、橘红糕、枇杷梗（也有些地方称为油金枣、金枣油米条、京枣卵子）来哄我，有时也带我去吃小馄饨，或者吃碗西湖藕粉。小孩子的一点小心事，在好吃的糕点面前，忘了个精光。大学毕业，我拿到第一个月的工资，就交给她老人家。周末回外婆家，我会买一堆糕点，什么云片糕、核桃酥、绿豆糕之类。这些糕点很软糯，适合老年人吃。外婆每次只吃一小块，其余的都藏在饼干桶里，等我回来吃。一晃，外婆走了快二十年了。

最是清凉薄荷糕

说到薄荷，唇齿间就有清凉的味道。

薄荷跟鸣蝉一样，是留在夏日里的清凉记忆。薄荷是朴素的植物，长得不起眼，叶子青绿，到了秋天，开出淡紫色的花，花朵细碎而密实，一朵一朵紧挨在一起。花朵谢后，慢慢地结了果实，果实细小，如同芝麻粒。它生长于山野湿地旁，初春去田间地头采青做青团或初秋去山里头打栗子时，常常会看到一两株薄荷。

薄荷好养，翠绿的叶子长得很快，越长越多。有时候在厨房里剖鱼切肉，手上有腥气，顺手摘几片薄荷叶，揉搓一下，就去了腥味，留下好闻的薄荷香。小暑大暑时节，摘两三片叶子丢在凉开水里，就是一杯清清凉凉的薄荷茶。

薄荷给人的感觉永远是生机勃勃、清新自然

131

稻香村

的,有一种颜色就叫薄荷绿,浅浅的绿色,仿佛春天刚到人间。豆蔻年华的少女,穿了薄荷绿的衣裳,最是好看,有那么一种清新洁净的文艺范儿。

薄荷可调色,亦可调味,凡是加了薄荷的食物,我都喜欢,橘红糕里淡淡的薄荷香,薄荷糖、薄荷糕里浓浓的薄荷味,夏日街头的那些饮品,桃浆、青草糊、石莲冻、凉菜膏……,只要滴上一两滴的薄荷汁,就是一嘴的清凉。

朋友在山里开民宿,夏天时,送了我一篮子桃子和玉米,还有一小瓶的薄荷汁。薄荷汁很快派上用场,家里烧好绿豆汤、红豆汤,加一点薄荷汁,冰镇后,别有风味,好像一个木头一般的老实人,突然变得伶俐起来。

江南自古是稻米之乡,有花样繁多的糕点,赤豆糕、绿豆糕、梅花糕、海棠糕、桂花糕、五色糕、九层糕、重阳糕、定胜糕、云片糕、金钱方糕……,如吴侬软语的温糯甜软。江南糕点往往用植物的汁液上色,比如糕点中的红,来自玫瑰、石榴、红曲、红糖、杨梅,绿色来自艾草、麦叶、菠菜、薄荷叶,至于黄色,用南瓜花、桂花、橘皮或栀子的果实,而黑色用的是乌叶、芝麻,褐色则来自豆沙和咖啡。旧时,没有色素,没有香精,糕点的姹紫嫣红,全来自大自然的花花草草。

想到家乡的薄荷糕,瞬间就感觉清凉宜人。江南的夏天,不能没有薄荷糕。薄荷糕是糕点中的小清新,糯米粉里拌些许的薄荷粉,点缀点红绿丝,做出来的薄荷糕有清爽爽的绿、凉丝丝的味,是夏日里的良伴,隐约有老杜说的“绝代有佳人,幽居在空谷。自云良家子,零落依草木”的那种诗意。

说起薄荷糕，就是挑剔的上海人也会露出会心的微笑。上海人爱吃薄荷糕和条头糕，夏季来一块清凉的薄荷糕，是上海人的日常。糯米团里裹进细沙做成的长条形的条头糕，用油一炸，那种松脆与软糯夹杂在一起的口感，实在是好。

去年春天去苏州，带了几盒家乡的薄荷糕给朋友。朋友陪我看樱花，回赠我苏州的薄荷大方糕，雪白松软的外皮，隐约可见正中的一摊馅心，馅心里是玫瑰酱、薄荷糖浆，混合着松子和白果，一口咬下去，玫瑰酱的香甜、松子的爽脆、白果的软糯、薄荷的清凉，交织在一起，只觉得唇齿之间，是一丝丝的凉意，连呼吸都带上了薄荷的清爽甘甜。说起来，苏州的大方糕，以桂香村最为出名，唤作“五色大方糕”。馅料有五种颜色，粉红的是玫瑰，青绿的是薄荷，暗红的是豆沙，黑色的是芝麻，白色的则是白果。

苏州的薄荷糕点不只有绿豆薄荷糕、薄荷大方糕，还有薄荷拉糕、薄荷松糕、薄荷桃仁夹糕，都是清凉而软糯。苏州人有多爱薄荷呀，不但糕点中有那么多的薄荷，一种叫“小有天”的五色汤圆，有玫瑰、桂花、芝麻、百果味，还有一种就是薄荷味。让人没想到的是，苏州的年糕里，也有薄荷猪油糖年糕，苏州人对薄荷真是打心底里爱，从春到冬，苏州人的唇齿间，都有清新凉爽的薄荷味，如苏州评弹的曲调，萦绕不散。

秋到人间桂花糕

风烟做出秋模样，人间万事成惆怅，在江南，惆怅是淡淡的，如初生的凉意，而欢喜却是真实的，如院落里的桂花香。

秋天真是个美好的季节，秋风起，蟹脚痒，风起时，摇落桂花满地金，与桂花有关的一切，都是美的，桂花茶、桂花酒、桂花露、桂花糕，甚至秋天桂花将开时，那闷热的天气，也被称为“桂花蒸”。丰子恺有一幅小画，两个汉子打着赤膊摇着蒲扇，坐在凳子上闲聊，画题就叫《桂花蒸》。

一到秋天，就想着吃吃喝喝。秋天是食桂的好时节，用白糖腌桂花，用白酒泡桂花，泡桂花茶喝，桂花可以做桂花酒酿、桂花莲藕、桂花糖芋艿、桂花汤圆，还可以做成香甜的桂花糕。古书记载了宋人打桂花腌桂花的旧事：“白木犀盛开时，清晨带露用

杖打下花，以布被盛之，拣去蒂萼，顿在净磁器内。候聚积多，然后用新砂盆擂烂如泥。木犀一斤，炒盐四两，炙粉草二两，拌匀置磁瓶中密封。曝七日。每用，沸汤点服。”《山家清供》还写到一种叫广寒糕的糕点，秋分时，采摘桂花，择掉青色的花蒂，洒上甘草水，和米粉混在一起，做成桂花糕。每逢科举之年，读书人都要做桂花糕互赠，以求蟾宫折桂的好彩头。

桂花糕是秋天的时令点心，《红楼梦》里就写到过桂花糕。《红楼梦》里有各种宴饮集会场景，从省亲宴、接风宴到螃蟹宴、海棠宴，再到元宵宴、端午宴等，华服美食，钗环鬓影，觥筹交错，也写到各种精致的糕点，松瓤鹅油卷、鸡油卷儿、奶油松子卷酥、如意锁片、山药糕、梅花香饼儿、桂花糖蒸新栗粉糕……

《红楼梦》第三十七回中，宝玉差使下人给史湘云送东西，心思伶俐的丫鬟袭人便委托宋妈妈给湘云送去两个小掐丝盒子，一个装的是红菱和鸡头米两样鲜果，另一个是一碟子桂花糖蒸新栗粉糕，说道：“这都是今年咱们这里园里新结的果子，宝二爷送来与姑娘尝尝。”宝玉真是懂女孩儿的心思，秋天的新栗、新鲜的桂花加上糯米粉蒸成的桂花糕，香甜细糯，女孩子自然是爱吃的。《红楼梦》第四十一回中，又出现了桂花糕，贾母与众人欢宴之后，丫头们捧上两盒点心来，即为松瓤鹅油卷与藕粉桂花糕。在锦衣玉食的贾府，桂花糕是从老到小都爱的点心。

《红楼梦》里的贾府是钟鸣鼎食之家，大观园里的生活如烈火烹油、鲜花着锦，一个茄鲞，要用十几只鸡配，才煨得出那鲜香的味儿；而《金瓶梅》里，着墨的是明末风月之下的市井生活，宋惠莲用一根柴火把一只猪头烧得酥软喷香，男男女女吃得满嘴流油。

不过,《金瓶梅》里同样少不得各种销魂的果馅凉糕,西门庆与众妻妾在花园卷棚下开怀畅饮、大快朵颐时,就有各种点心助兴,什么梅桂菊花饼、玫瑰果馅蒸饼、酥油泡螺、黄芽韭菜肉包、猪肉韭菜饼、春不老蒸乳饼……《金瓶梅》里多次写到与桂花有关的美食,如木樨金橙茶、香茶桂花饼儿、香茶木樨饼儿,而香茶木樨饼儿,就是桂花糕。

在家乡,桂花糕是寻常可见的点心。家乡做桂花糕,除了桂花、白糖、糯米粉、淀粉外,还要加上芝麻和金橘饼。做桂花糕,先用方形的大木格定形。成形后,用刀切成一个个的小方块,口感细腻松软,加上金桂热烈的香气、金橘酸爽的清气,让人一下子跌进江南的秋色里。现在做桂花糕,方便多了,从网上买来花模具,图案各种各样,有梅花、玫瑰花、三叶草、葵花、五色花,一时间,春色满园。若是想让桂花糕从肉身到灵魂保持一致,那就用桂花模子把它压制成桂花的形状,这样的桂花糕,瞅一眼,便有食欲。

江南人家爱秋天的丰饶,更爱秋天里的桂花糕,美好的时光总是短暂的,那就把这种美好留在唇齿间。江南诸地,都有桂花糕,金黄或米白,做法略有不同,有用糯米粉做的,也有用小米粉做的,还有用藕粉、马蹄粉、椰浆做的,但都少不了桂花香。在杏花春雨的江南,父老乡亲会拼搏,也会享受,忙碌之余,骨子里自有一分闲适。

桂花糕中,我最爱的是椰汁桂花糕和藕粉桂花糕,软糯Q弹,清凉可口。细品之下,藕粉桂花糕里,有淡淡的莲藕滋味和桂花余香,那真是江南的好滋味。

江南的秋天里,你一定不要错过一口桂花糕。

没有梅花的梅花糕

家乡的糕点真不少。家乡有一首民谣叫《做糕点》,里面道:"鸡蛋糕,用火烤;油杆油圆用油泡;五色豆糕用颜料;薄荷酥糕最味道;蕉豆糕,用香蕉;四四方方芝酥糕;杏仁酥,酥头好;八仙糕上印着车马炮;桂花糕,大名声;馒头糕,高沉沉;绿豆糕,做糕要用绿豆粉;九香糕,吃到嘴里香喷喷;云片糕,片加片;连环糕,两头连;酸梅糕,两头尖,吃到嘴里酸又甜;橘红糕,红艳艳,杏花麻片圆累累。"梅花糕未必是最好吃的一种,名字起得却是最风流浪漫的。

起个好名很重要,比如有一种植物叫木槿,一到小暑,就开出满枝条的繁花,它的花期很长,可以从夏季的小暑开到秋日里的处暑。木槿是一种极易扦插成活的植物,农家院落里时常可见,春天时

剪一枝插到地上，就会自管自长开来，根本不需要打理，家乡称它为“毛栏篱”，把它当篱笆来使用。但这种乡间常见的植物，在《诗经》里是被用来歌颂的，《诗经》中有“颜如舜华”“颜如舜英”之句，浪漫的古人把女人的容貌比作美丽的木槿花。如果木槿不叫木槿，以土名“毛栏篱”取代它的芳名“木槿”，一句“颜如毛栏篱”，让人如何产生诗意浪漫的联想呢？

梅花糕真是个好名字。旧时的文人有雅趣，把梅之落英洗净，将白米加雪水烹煮，待熟后，再加入梅花，便成了梅花粥。最是寻常的饭食，也清雅如许，此味非酒肉之辈所能知也。我记得有一种叫“汤绽梅”的吃食，是大寒时采下梅花的花苞，蘸上蜡，放在蜜罐子里保存，等到来年夏天取出泡水喝，梅花在杯中徐徐盛开。至于蜜渍梅肉，是把白梅肉浸泡入雪水中，用梅花酝酿，露天发酵一晚上，取出来用蜂蜜浸渍，之后可以与酒掺兑。与扫雪煮茶的风雅比较，它们一点儿也不逊色。

这些名字中带梅的食物，皆有梅的肉身，不过梅花糕里并没有梅花。师弟春波是绍兴人，说到梅花糕的名字，就调侃道，仔细琢磨这梅花糕的美名，便觉得这不应该是台州本地的小吃，台州人的性格是一根肠子通到底的，硬气豪爽，见饼就叫饼，见面就叫面，绝想不出如此香艳的名字，后来一打听才知道，这原来是苏州的小吃，便又恍然大悟了，苏州的香艳是配得上这样诗意的美食的。

春波是绍兴才子，在台州生活多年，不过对台州人的了解还欠缺那么一丁点。台州是个既柔且刚的城市，台州人命名的小吃，固然有发糕、漾糕、糯米蛋糕这样直拔笼统的名字，但也有蛋清羊尾、麦鼓、灰青糕、麦虾这般诗意的名字。而且,梅花糕也不只是苏州有,它是江南寻常的风味小吃。

梅花糕源于明朝,起先或许只在苏州可见。到清朝时,南方的许多地方,如无锡、南京、上海,都已经把它当成风味小吃。现在,梅花糕与桂花糖芋苗、桂花酒酿小元宵、蜜汁莲藕一起,是南京街头的四大经典小吃。梅花糕的起名据说跟乾隆皇帝有关,乾隆皇帝下江南时,见此糕形如梅花,色泽诱人,大为叫好,遂开金口,命名为梅花糕。乾隆是民间故事里最著名的吃货,每次他到各地巡游,只要他吃过什么好吃的,后人便会借他之名大肆宣扬。

紫阳街上的梅花糕是用小麦粉、红糖粉和黑芝麻做的。梅花糕要趁热吃,站在炉边,眼巴巴地一边吞着口水,一边等着它热烫烫地出炉。刚出锅的梅花糕软软糯糯,底部如花托,上面有几粒黑芝麻,如梅花的花蕊。梅花糕的大小与形状,与其说像是一朵梅花,不如说像暮春时节江南的泡桐花。一口咬下去,有温柔的甜、无边的糯,你来不及想梅花的君子品质,什么正直、纯洁、坚贞、气节之类,只觉得一口下肚,百般舒坦放松,对生活感到满足。

苏州人精细,他们的梅花糕,馅料更为考究,用上等面粉、酵母和水拌成浆状,注入烤热的梅花形模具,而后放入豆沙、鲜肉、猪油、玫瑰等各种馅心,再在上面浇入面浆,面浆上撒上白糖、红绿丝、黑芝麻,烤的时候,香气扑鼻,勾人馋虫。

我读书时,紫阳街上有好几家卖梅花糕的摊位,现在卖梅花糕的只剩下一家,就是紫阳街216号的王阿姨梅花糕店。店不大,就在普通读者书店边上。庚子年冬,先生“大美江南,自在一刻——二十四节气木刻展”在普通读者书店开展。正是岁末,寒潮来袭,四合院的水池里结了很厚的冰,在家乡,很多年没有见过这么厚的冰了,这个冬天可真冷。开展前,我让人买来九十只梅花糕,放在保暖的笼里,裹得严严实实,送到参展的宾客手中时,梅花糕还热乎乎的,大伙儿吃后,直道好吃!

玲珑可人酒盏糕

文坛有荷花淀派和山药蛋派,荷花淀派浪漫唯美,山药蛋派充满乡土味,有皇天后土的质朴。依我看,家乡的小吃,也有荷花淀派和山药蛋派之分。蛋清羊尾、橘红糕、乌米饭、灰青糕、松花饼、酒盏糕等属于荷花淀派,而糟羹、面皮、猪肉饭、笋饼之类,明显是山药蛋派。

《临海小吃大全》中列出的小吃清单,有一百四十一种之多,什么麦饼、麦油脂、刀切头圆、麦姜圆、麦爿、麦鼓、扁食、面皮、拗面、炊面饭、汤炊面、番莳糕、粢圆、乌糯饺、灰青糕、漾糕、酒盏糕、庆糕、馍糍、糯米金团、擂圆、笋饼、锅块、火烧饼、馒头干燥、小油酥、糟羹、笋饼、大米面、水浸糕、九蒸干、梅花糕、炮蒲、汤苔、鸡头颈、豆面碎、面结、馒头段、马蹄酥、羊脚蹄、凉菜糕、大梗糕、硬板糕、核桃酥、八仙糕、凉沙糕、苔饼、姜汁、核桃酒、猪肉酒、酒酿蛋、煨番莳、番莳筋爪、瓜生嫩、番米嫩……光听这些个名字,就让人口水哗哗流。

糕点中,最玲珑可人的,当数酒盏糕,如白石老人的小品,看似日常点心,却有一股子清气。酒盏糕与桃浆、灰青糕、青草糊、石莲豆腐,是我夏日里的美好回忆。酒盏糕的名字,既写实又写意,让人想到白居易的“酒盏酌来须满满,花枝看即落纷纷”,想到秦观的“飘零疏酒盏,离别宽衣带”,想到李清照的“惜别伤离方寸乱。忘了临行,酒盏深和浅”。酒盏糕三字,天然带着几分醉意。

酒盏糕糕如其名,形似酒盏,白白胖胖的糕身,看上去,仿佛是大雪纷飞时积下的一坨厚雪,它的大小与外形,有点像一道叫雪媚娘的点心,表面上有一层黑芝麻,像美人脸上俏皮的雀斑。有时,点缀的则是几条鲜红或碧绿的红绿丝,如雪地上的一点红或一点绿,视觉上充满美感。每每看到酒盏糕,都会让人心生夺美之意。

酒盏糕是由米粉蒸制而成的,但与别的米粉糕不同的是,它是用甜酒酿的酵头发酵而成的,所以带着淡淡的酒香。发酵的时间和天气冷热有关,天热,发酵的时间就短,所以夏天做甜酒酿和酒盏糕就多一些。制作酒盏糕的容器,就是一只小小的酒盏,难怪做出来的酒盏糕那么的小巧玲珑。酒盏糕膨松白胖,口感十分细腻,细软中带着隐隐的甜味和酒香,米浆的香气,夹杂着黑芝麻的香,松软香甜,却不粘牙。

那时,街头常有游走的小贩,卖各种糕点,卖雪白的麦芽糖,卖鲜咸的虾蛄干。有一年,小寒时节,虾蛄旺发,满街都是挑着担子卖虾蛄的人,用几毛钱就可以买上一大包,大人拿来过酒,小孩

当零食，别提有多鲜香了。还有麦芽糖。麦芽糖好吃，但粘牙得很，遇热会融化，到了夏天，卖麦芽糖的人不见了，卖酒盏糕和漾糕的人多起来了，挑着担子穿街走巷，伴着手中的铃鼓响，叫卖着酒盏糕和漾糕，“卖酒盏糕哦——卖漾糕哦——”，叫卖声里夹杂着树上知了的鸣叫。

农历六月六，木槿花开得满院都是，知了在柳树上一个劲地喊着热。按照旧俗，这一天，临海人要吃漾糕。漾糕跟酒盏糕一样，也是甜酒酿的酵头发酵而成的，特别松软，它块头大，里面还有一个个小孔。跟漾糕相比，酒盏糕的口感松软香甜多了，而且在视觉上更具美感。六月六，人家吃漾糕，我吃我的酒盏糕，花一元钱买上四五个，雪白的酒盏糕，一个挨一个放在青色的盘里，像清水里养着的几朵栀子花，拿着酒盏糕作把酒临风状，其喜洋洋者矣。

柳永有词：“画堂歌管深深处，难忘酒盏花枝。”他难忘的是酒盏花枝，而我，难忘的是家乡的酒盏糕。

大吉大利橘红糕

古人的日常生活，与植物关系那么密切。《诗经》是一片芳草地，荠、薇、蕨、苹、甘棠、卷耳、荇菜，一个紧挨一个出场，而植物亦是大自然的调色板，杏黄、枣红、藕色、柳绿等，万紫千红总是春。

古人对颜色的观察细致入微，绿有柳绿、薄荷绿、橄榄绿，红有玫瑰红、枣红、海棠红、石榴红、橘红等。《红楼梦》里红楼女儿穿着各色华服出场，花团锦簇，书中对衣服的花色、款式，有许多华丽的描述，不同性格的女子，穿不同颜色的服装，藕荷色、豆绿色、松绿色、秋香色、杏子红、橘红，不同的色彩里面，是红楼女儿不同的性情，或内敛，或活泼，或机灵。

我素爱花儿草儿，对各种色彩着迷，但有时也难以说出色彩之间细微的差别，只能使劲回忆植物的容颜，以此作为参照。或许，只有用过的日常物件才让人记忆深刻，比如我有一件松绿色的唐装；用雅诗兰黛红石榴的化妆水，瓶身是夏天石榴花那般明亮的红；家里收藏了几件老家具，有朱红的果盆、提篮和箱子，也有荸荠色的脸盆架，那是紫中透红乌中透亮，如荸荠一般的颜色。不过对于橘红，我是再熟悉不过，霜降前后，家乡大地，漫山遍野都是黄金果，橘红就是那种熟透了的蜜橘的颜色，而且我还爱吃一种小糕点，叫橘红糕。

小时候，我与外婆生活在杭州。外婆从前生活优渥，出行有轿车，家里有用人，改朝换代后，虽然生活水平一落千丈，但是旧时的生活做派还是保留了几分。平时再怎么节省，家里来了客人，总要端出一杯绿茶，两三碟点心，或饼干，或橘红糕，或云片糕。客人走了，没吃完的点心，小心收好，放到饼干盒子里，待下次来客，再拿出来。可是通常等不到下次，外婆前脚去送客人，我后脚就把橘红糕偷吃了个精光。

一直到现在，橘红糕还是我的心头好，逛街时，看到糕饼摊上有橘红糕卖，总是乐滋滋地买上一些，看书时当零食吃，再好不过。

对于点心，通常是“方为糕，圆为团，扁为饼，尖为粽”。橘红糕只有拇指肚大小，如打麻将时掷的骰子，它象牙白的质地里，隐隐透着粉红，如美人出浴后的肌肤。江南的橘红糕是用雪白的糯米加白糖做成的，把糯米放在蒸笼里蒸熟，加进白糖和香料，喜欢玫瑰香的，加入玫瑰酱，喜欢薄荷味的，加点薄荷，放在石臼里捣烂，用手搓揉成软糕，再切成丁点大的一小块。白色的小方块上，有一个橘红色的点，如过年时馒头上的一点红，又像印度女人眉

心的朱砂痣。为了防止橘红糕粘连,会在表面撒些炒熟了的面粉,这些面粉粘在橘红糕上,好像深秋水边的雾气。橘红糕里有薄荷味,那种清清凉凉的口感,好像夏日里的石莲豆腐和加了薄荷的青草糊。

闽南地区也有橘红糕,叫成吉红糕,寓“大吉大利”之意,有如此好的寓意,自然成了婚庆喜宴上不可或缺的美食。闽南的橘红糕里,少不了金橘皮,它是以糯米粉、金橘蜜饯,加入红曲粉调色而成的,色泽粉红,如三月里的桃花。

橘红糕有独特的口感,带有玫瑰花、金橘、薄荷的香气。卖糕点的人说,橘红糕能开胃,对改善食欲不振、消化不良有功效。

周作人说:“我们看夕阳,看秋河,看花,听雨,闻香,喝不求解渴的酒,吃不求饱的点心,都是生活上必要的。”春日里,雨打芭蕉,秋日里,满城桂香,案上一本闲书,桌上一杯清茶,盘里一碟橘红糕,有闲的日子,真是美好。

水晶蛋糕

我比较喜欢看《醒世姻缘传》，它用一个个世俗的故事，构成明末斑驳陆离的社会世相，用词也是一味地平民化，没有诗情画意，处处透着“实在”二字。比如，小官员讨了两个妾，名字就叫“荷叶”“南瓜”，理由竟是因为荷叶南瓜都是会长大叶的，若换成《红楼梦》，肯定叫成“袭人”“可人”之类。

大学毕业那年，五月麦子黄时，我第一次到天台，住在国清隋梅宾馆。宾馆在木鱼山上，走几步，就是天下闻名的国清寺。当地人都把该宾馆叫成国清宾馆，而不叫隋梅宾馆。国清寺里可以听晨钟暮鼓，大寒时节，寺里的隋梅开了，去国清寺的人明显多了起来，有的并不是去烧香的，而仅仅是为了看这一株隋朝时种下的老梅花。隋梅的确值得一看，老树繁花，有一种沧桑的华美，梅花开后，到了五月,结下青梅,寺里的僧人会采下梅子腌渍。

宾馆的早餐颇为丰富,在这里,我第一次吃到水晶蛋糕,它通体金黄,如温润的玉,像处在金色年华,咬一口,细腻、柔软、甜糯,简直不知用什么词形容好。我可以负责任地说,不管什么样的人,不管怎样坚硬的心,吃了水晶蛋糕后,一颗心也会变得柔软起来。

天台是年年都要去的,此地因为有佛宗道源的天台山,风光自有不同于别处的秀美,尤其立夏时,华顶的云锦杜鹃开放,满树繁花,那是春天谢幕前的高光时刻。不止于山,天台的溪流也很美,这些年,我去过天台的不少村庄,不比婺源逊色,春天桃花红、梨花白、油菜花黄,夏天时,麦浪翻滚,一片金黄,秋天,芦苇在风中起伏,随便拍张照片,都像梦中家园。在乡间,能吃到巧手媳妇做的各种点心,乌糯扁食、食饼筒、猪肉麦饼、糊拉汰、糊拉沸、面脑面、糕囡、水晶蛋糕等。天台的小吃名字有点玄乎,在没吃之前,你常常搞不清楚这是啥东西,比如糊拉汰、面脑面、糊拉沸、五味粥,不知其中藏着什么样的玄机。吃了以后,你会啧啧叫好,从此对这里的人文地理产生探究的想法。

在天台,逢年过节、拜寿喜宴,只要是喜庆的场合,水晶蛋糕总会金灿灿登场,一个糕字,包含着“蒸蒸日上、步步高升”的祝福。水晶蛋糕,曾经获过香港美食博览会金奖,也算是小吃江湖中的名角儿。到天台,如果你不尝一下水晶蛋糕,那你是错过了一场与美味小吃的艳遇,也意味着你与水晶蛋糕的缘分,还没有修到。

水晶蛋糕其实就是糯米蛋糕。天台产好米,泳溪的香米远近

闻名。天台的糯米蛋糕,色金黄,味软糯。在天台的四星或五星级酒店里,糯米蛋糕通常被写成“水晶蛋糕”,不过实在的天台人,左一声右一声还是叫它“糯米蛋糕”,一点不玩虚的。所谓的“糯米蛋糕”,从字面上也可理解,不是用小麦粉,而是用糯米粉、鸡蛋、白糖做成的。最大的功夫在于打鸡蛋的环节,鸡蛋打得好,蒸出来的糯米蛋糕才软糯适口。

如果换成上海人、苏州人或者别处的什么人,因为这糯米蛋糕看上去像玉,没准会把它叫成黄金糕或羊脂糕。依我看,叫什么不要紧,好吃就是硬道理。一个人长得不太好看,把名字改成“美丽”,姿色也不会多一分。你把黄泥巴叫成“黄金糕”,没用。一块糯米蛋糕,你随便叫它一声“喂”,照样好吃。

西式糕饼店里,有一种蛋糕叫提拉米苏,小资们很是推崇,其实,除了香味,提拉米苏的口感松松垮垮,远不及水晶蛋糕的香糯。

十里硬糕

硬糕很硬，硬得就像“台州式的硬气”，硬得就像江南长城的城砖。

在杏花春雨的江南，台州式的硬气是另类的存在，连以“硬骨头”著称的鲁迅先生都忍不住赞叹台州人的一身硬骨。家乡有谚语，“杀勿完的台州头，牵勿完的温州牛”，意思是，台州出硬汉，杀也杀不尽，温州多耕牛，偷也偷不光。可见台州式的硬气，不是随便说说的。

硬糕，可谓是“台州式硬气”在糕点上的体现。“糕贵乎松，饼利于薄”，松软与否，是评价糕点的重要标准。家乡的糕点，如梅花糕、灰青糕、绿豆糕、云片糕，通常可以用软玉温香、活色生香来形容，松软如天上的云朵和地上的棉花，而硬糕，只能用“冷峻硬朗”来描述。旧时有“十里硬糕”的说法，说一块硬糕啃呀啃，可以啃上十里路，到了目的地，还剩一个角。当地人戏言，如果你想在家里挂一幅画，手头恰好找不到锤子，随手拿来一块硬糕，可以充当锤子。你甚至可以把硬糕当成惊堂木，在孩子做作业魂不守舍时，随手操起一块硬糕，在书桌上使劲一拍，起个敲山震虎的作用。

温岭的神童门硬糕，是硬糕界的扛把子。神童门硬糕的出名，跟南宋时当地一个叫詹会龙的神童有关。当年宋高宗听闻詹会龙的早慧，下旨召见。詹父带五岁的詹会龙上朝，宋高宗见他聪明可爱，命人端来水果给詹会龙吃，出对子试他："一盂果子，赐五岁神童。"詹会龙脱口而出："三尺草茅，对万年天子。"此事记在当地的县志上，想来不假。据说当时面试时，宋高宗又出一联："除夕月无光，点数盏灯，为嫦娥增色。"詹会龙机敏，马上应对："惊蛰雷未响，击几声鼓，代天帝行威。"对得好，而且有气势。宋高宗本来要封他官职，只因神童年纪太小，只能先挂一个虚名，等他长大后再任职，只是神童命薄，回家后不久就夭折了。唐宋重视神童的选拔和培养，设有专门选拔神童的童子科，写"无可奈何花落去"的晏殊就是神童，他十四岁中进士，与他同期的蔡伯俙，四岁就中了进士。可怜家乡的这位詹神童命薄，无福消受荣华富贵。

神童所在的这个村做出来的硬糕，就叫神童门硬糕。神童门硬糕在民国时就很出名，至今老人还在念叨："神童门的硬糕，小奶儿的脚包(绑腿)。"

硬糕是把糯米粉和红糖、桂花、芝麻拌和均匀，用推子推匀，用压板压实，再用钢板划块，上蒸笼炊熟，最后用白炭烘干。加桂

花是为添色增香。做糕点有讲究，一种糕点只有一种香，叫“香不乱投”，用错了，那就是明珠暗投。如果一种糕点用了多种香味，如同女人喷了过多的香水，有点艳俗，“格”就低了。

在烘焙的过程中，糕点中的水分被烘干，糖和糯米粉板结在一起，变得又香又硬。什么样的硬度才符合“硬”的标准呢，抓两块硬糕到手里，相互敲击，敲起来铮铮有声，才算达标。

硬糕长不过两寸，宽只有寸许，有文化的人，会把硬糕形容成镇纸，形容成惊堂木，甚至形容成古代官员上朝时手捧着的笏板。没文化的人，直拔笼统来一句，啊呐呐，忒硬，硬得像城墙砖！糯米和糖，黏性都很强，唐宋的寺、塔、桥、城墙，是拿糯米灰浆当黏合剂的。这个比喻其实是相当准确的。

硬糕硬邦邦，牙口好的人，拿着块硬糕，可以啃下一个小角，而牙口不好的，只能先用口水把硬糕打湿，搞不好还会崩掉牙齿。道行深的人吃硬糕，不会从中间开咬，而是从边角下嘴，攻其一点。硬糕很硬，细细品味，还是挺香的，啃下一角，含一点在口中，先是沙沙的口感，慢慢地，感受到了香甜和爽口，让人回味。

当地人比牙齿好不好，通常有三种办法：一是看能不能啃断青蟹的蟹脚钳（大螯），二是看能不能把山核桃咬碎，三是看能不能啃下硬糕。只有这三者都达标，才称得上铜牙铁齿。

我认识的一位老华侨，在北欧开餐馆，少小离家，老大回乡，回国后跟我说，想吃神童门硬糕，那是心心念念的童年味道啊。我到老街上给他买来硬糕送过去，他拿到神童门硬糕，眼睛一亮，开口就啃，可是啃不动，不免感叹说，当年他吃神童门硬糕，一咬就是一个角。他说的当年，是半个世纪以前的事了。

羊脚蹄

紫阳老街的小吃中,海苔饼、羊脚蹄、马蹄酥是"铁三角",若论饼龄,都有百年,听上去,很是沧桑,不但值得美食界去研究,似乎同样值得考古界去挖掘。

海苔饼、羊脚蹄、马蹄酥既然是"铁三角",想必三者之间有很多共同之处。事实上,除了同样的年代久远,同样是烘烤而成的点心,我似乎没能找到别的干系。比起海苔饼与马蹄酥,羊脚蹄的身价似乎要低一些,它是将面粉加糖发酵,揉搓成圆柱状长条,切成小段,用剪刀在其截面剪上十字刀花,撒上芝麻,烘烤而成。熟后,表面微裂,有四个凸起的尖状物,状如蹄子,故名。

当地老人说,羊脚蹄其实跟羊无关,跟鹿有关,原本是叫鹿脚蹄。鹿是祥瑞之兽,"鹿""禄"同音,在当地方言的发音里与“乐”字接近，且临海别名鹿城，鹿是这座千年古城的吉祥物，也是这座历史文化名城的城标，街心公园就有奔鹿的雕塑。传说当年修建台州府城墙时，城墙屡建屡塌，修城的大将甚是苦恼，一日大雪，山野皆白，梦中他受神鹿指引，次日晨起，见雪中有鹿的脚印，以为是上天暗示，遂命士兵沿鹿足迹造城，不日，城竟成。当地百姓为表庆贺，照着鹿蹄形状做了糕点，叫鹿脚蹄，传着传着，就成了羊脚蹄。

鹿比羊轻盈，鹿脚蹄也比羊脚蹄好听。古时有鹿蹄酒，以桂叶为饼，以鹿蹄煮酒，在金秋八月酿制，据说饮后大补，诗人杨万里喝后，写诗盛赞这种酒，题目很长，叫《夜宿房溪，饮野人张珣家桂叶鹿蹄酒，其法以桂叶为饼，以鹿蹄煮酒，酿以八月，过是则味减云》，诗中第一句就是“桂叶揉青作曲投，鹿蹄煮醁趁凉篘”，诗人愿意为鹿蹄煮酒唱赞歌，但没见到过为羊蹄子煮酒赋诗的。

紫阳街上还有马蹄酥，是一种如月饼般的糕点，表面有一道道的裂纹，像是眉间的川字纹，家乡有老话，“眉头绞得跟马蹄酥一样”，意思是愁眉不展。马蹄酥跟马蹄同样风马牛不相及。

羊脚蹄与马蹄酥，两种小吃的名字中，都有个“蹄”字。蹄是动物的脚爪，以往常用“小蹄子”来指代年轻的女性，旧时女人缠足，有谜语“又像柿子又像桃，又像驴蹄又没毛，只能走着看，不能拿起来瞧”，谜底就是女性的三寸金莲，所以“蹄子”“小蹄子”用来指代年轻的女性，因为女性的小脚像“蹄子”。《红楼梦》第五十七回中，贾母一见紫鹃，便双眼冒火，骂道：“你这小蹄子，和他说了什么？”《金瓶梅》里就有好些个“浪蹄子淫妇”。平素里，女人之间的戏谑调笑嗔骂，有时也以“小蹄子”“小浪蹄子”互称，倒有几分

稻香村

亲昵。

在西方的影视作品当中，恶魔都有由羊脚蹄演化而来的双足，众人皆以为这种羊形的双脚是邪恶的象征，但也有人觉得这样的脚有另类的美。国外有个大神发明了一双羊脚蹄形状的高跟鞋，穿着羊脚蹄高跟鞋在街上招摇过市，真是个“小浪蹄子”。

羊脚蹄吃起来外脆内软，稍显坚实，还有略微的碱香味和淡淡的麦香。作为糕点，它口感粗糙，口味远不及海苔饼、梅花糕，更不如火烧饼、霉干菜饼。与别的点心相比，它既干且硬，价格也比别的糕点便宜。紫阳街上的老人说，中华人民共和国成立初，一只羊脚蹄只要一分钱，一毛钱可以买十只。虽然羊脚蹄口味一般，但它耐储存，出远门时，可以带着当干粮。

羊脚蹄还有一个好处，它能养胃。胃痛时，可以买一些羊脚蹄和馒头干吃，它们都是用老面发酵成的，略带点碱香，能中和胃酸。我有一个女友，长得娇娇弱弱，动不动就胃痛，爱马仕的包包里，经常放点羊脚蹄或馒头干，胃不舒服时，就蹙着眉，嚼一片馒头干或一只羊脚蹄，问她为什么不用胃药，她说“是药三分毒”，听上去似乎有点道理。吃馒头干和羊脚蹄，未必能治好胃病，但没有什么坏处，反而可以借着治胃病的幌子，上班时堂而皇之地拿出来食用。

家乡有羊脚蹄，别处有一种类似的小吃，叫老虎脚爪。老虎脚爪是一种甜的炉饼，味道跟羊脚蹄差不多，它的正面有几个突起的尖状物，颜色焦黄，形似老虎爪子。老虎是森林之王，老虎脚爪听上去，比羊脚蹄霸气多了。

松花酒与松花饼

春天是万物复苏的季节，一个吃货对春天最高的礼赞，就是吃那些带着春天气息的美食，如荠菜馄饨，如紫云英炒年糕，如松花饼，把春天的清新与美好留在唇齿间。

古书中，对“松花饼”是如此描述的：“松至三月花，以杖扣其枝，则纷纷坠落……调以蜜，作饼，曰松花饼遗人。”甜香可口的松花饼里，有松花的灵魂。

松花粉是松树的花粉。古人以岁寒比喻乱世，以松柏比喻君子，松树长得质朴庄重，看上去的确如沉默的君子。家乡多山，山上多松，每到春天，山上的杜鹃花开时，松树就开满金黄色的松花，林中飘散着淡淡的松花香。松花是松树雄枝抽新芽时开的花骨朵，被细密尖锐的松枝捧在手心里。清明前,要采艾叶做青团,乡人会顺便采些松花粉回来。春天时,松花开得满山都是,只需摇动树枝接取花粉,采回来的松花粉就足够做好几回饼子了。采花粉要把握好时节,太早,松花花朵小,松花粉也少,太晚,松花开了,春风一吹,花粉散了一地,地上一片金黄,大地如染了金粉。那些老道的人,把未开放的松花摘了,装满一袋,回家倒在竹匾里,放太阳底下晒,阳光把松花晒开来,松花粉纷纷落下。松花粉细滑又清香,夏天大人给娃娃洗完澡后,可以当爽身粉用,扑了松花粉的孩子,像个金娃娃。

与松花有关的一切,都是美而雅的,有一种颜色叫松花黄,鲁迅就写到过这种颜色:"小鸭也诚然是可爱,遍身松花黄,放在地上,便蹒跚的走。"见过松花的人,知道松花黄是怎样一种漂亮的色彩,没见过松花的,多半想不出松花黄到底是种什么样的黄色。有一种淡黄色的笺纸,叫松花笺,当年元稹使蜀,才貌双全的薛涛与元稹诗酒唱和,制作了彩色信笺——松花笺,寄给情郎元稹,元稹就在松花笺上题诗相赠:"别后相思隔烟水,菖蒲花发五云高。"这情诗写得真是好啊。还有一种松花蛋,因与松花一样有漂亮的花纹,故名。

在古代,食花饮露的高洁之士不少,但真正可以食用的花粉,其实也没几种,我知道的,一种是松花粉,一种是蒲黄。蒲黄是水烛香蒲的花粉,松花长在山上,水烛香蒲长在水边,李时珍喜欢松花粉更甚于蒲黄,他在《本草纲目》中说:"二三月抽蕤生花,长四五寸,采其花蕊为松黄。"又说松花:"甘、温、无毒。润心肺,益气,除风止血,亦可酿酒。"

在古人眼里,"松花酿酒,春水煎茶",是风雅之事,唐代的白

居易就有“腹空先进松花酒……乐天知命了无忧”之句。把松花粉蒸熟,用绢布包好,与黄酒一同置入容器,密封浸泡十日,即成松花酒。据说松花酒有祛风益气、润肺养心之功效,讲究生活品质的白居易,觉得喝了松花酒,人生就应该乐天知命。

除了酿酒,松花粉更多的是用来制作松花饼。古人相信松花可以美容养颜,张泌有《妆楼记》,称晋代白州双角山下有美人井,喝了这井水的人,生下的女儿都很漂亮,原因呢,是因为井旁有松花,花粉落入了井中。

“寿比南山不老松”,松树是植物界中的长寿树种,而松花担负着松树繁衍的重任,由此类推,古人认为松花有延年益寿之功效。苏东坡把松花、蒲黄、槐花、杏花与白蜜捣在一起,做成花丸吃,他说:“一斤松花不可少,八两蒲黄切莫炒。槐花杏花各五钱,两斤白蜜一起捣。吃也好,浴也好,红白容颜直到老。”他还说:“崎岖拾松黄,欲救齿发弊。”显然他是相信松花的功效的,就算山路崎岖,春天里,他也要亲自上山扑打些松花粉带回家。

至于松花做饼,很早就有,宋代时已成日常,宋代林洪的《山家清供》中道:“春末,采松花黄和炼熟蜜,匀作如古龙涎饼状,不惟香味清甘,亦能壮颜益志。”苏东坡的弟弟苏辙也爱吃松花饼:“饼杂松黄二月天,盘敲松子早霜寒。”苏家兄弟俩,一个爱吃松花丸,一个爱吃松花饼,是松花的铁粉。

松花饼好吃,做起来并不难。糯米粉中加入松花粉、白糖,一起揉匀,煎熟后,两面黄亮,如黄花梨椅子扶手的包浆,有扑鼻的一股香,那是松花的清香和糯米的软糯甜香。如鸳鸯蝴蝶派的小说,如花间词派的作品,如情人间的蜜语。我到三门出差,有机会，除了要吃青蟹、小海鲜外，松花饼也是一定要吃的。吃一口，满嘴都是春天的味道。

松花除了用来做松花饼，还可以用在很多糕点上，每到清明、四月八、七月半、冬至，做青团、乌饭麻糍、冬至圆时，都可以撒一些松花粉，做成松花青团、松花麻糍、松花圆子。糕点金黄，有山野清新之气，都说佛要金装，各种糕饼上有了金黄的松花粉，色、香、味更好。糕饼两面覆上嫩黄的松花粉，吃的时候，嘴上会沾上松花粉，就算八九十岁的老人，也像个馋猫，颇为有趣。

各地都有用松花粉做的糕点，有一年去云南，吃到云南的松花糕，软糯香甜，松花与玫瑰的香气、豆沙的甜美，那么完美地交织在一起，我真是喜欢云南的糕点，跟云南一样，那么的风花雪月。云南有很多的鲜花糕点，我每次出差去云南，总要带回一些。云南的松花糕，是以松花粉和红豆制成的，加了点玫瑰酱，上层金黄，下层酱紫，托在绿色的芭蕉叶上，色彩清丽，像是张浩先生的花鸟画。

海苔饼

汪曾祺说，他的老师沈从文对什么都讲究“格”，包括茨菰、土豆。有一次，汪曾祺到沈从文家里拜年，沈从文留他吃饭，师母张兆和炒了一盘茨菰肉片，沈先生吃了茨菰，说：“这个好！格比土豆高！”

沈从文虽然书生气，但他讲的食物的“格”，我十分认同。国有国格，人有人格，饼也有饼格，比如灰青糕的格就比番薯庆糕高，酒盏糕的格比水晶蛋糕高。紫阳街上有三种很出名的小吃，羊脚蹄、马蹄酥、海苔饼。海苔饼的格，就比羊脚蹄和马蹄酥高。

海苔饼是用海苔加面粉所做的饼。海苔又叫苔菜、浒苔，浒是“水边”之意，浒苔是水边的青苔。它是一种藻类，是大海与阳光的产物，生在咸淡水

交汇的泥质滩涂中，农历二月，滩涂上长出一缕一缕青丝，春风一吹，青丝伸展，长达一二米，色泽翠绿，如粗线，如乱麻，如海上女妖的一头绿发。家乡的海苔以三门的晏站村和横渡镇铁强村一带最佳。

清明前苔，谷雨前茶。清明之前，海苔旺发，为采收旺季。海边人骑着泥马采海苔，将浒苔耙起后，放在竹筐里，用泥马推到海水中洗净泥沙，好的浒苔要当天采当天晒，在烈日下晒干后，有浓郁的绿色，用于制作各种糕点，有特有的藻香。夏秋时的海苔，藻体老化，只能做饲料了。南方人在吃上有无穷的探索精神，老早就把藻类制成美食。在家乡，除了海苔饼，凉菜糕也是用一种叫石花菜的海藻做的。

苔菜是紫菜家族的一员，紫菜家族十分庞大，有一二百种。所以说，海苔是紫菜，但是紫菜中又不仅仅有海苔，常吃的紫菜有条斑紫菜和坛紫菜，条斑紫菜就是我们常说的海苔，用来添加到海苔饼等糕点中。最喜欢苔菜的，当数宁波人，他们有苔菜月饼、溪口千层饼、苔菜油赞子、苔条年糕、苔生饼等二十多种加苔菜的糕点；宁波菜中也用苔菜，如苔菜拖黄鱼、苔菜小方烤、苔菜花生米。宁波人的外号叫“咸骆驼”，他们很喜欢这种甜中有咸、咸中透鲜的味道。

海苔好吃，还有药效，古人认为，海苔消胆、消瘰疬瘿瘤、泄胀、化痰、治水土不服，又说，海苔“烧末吹鼻，止衄血。汤浸捣，傅手背肿痛”。舟山人遇到鱼刺卡喉的时候，不是喝醋，而是大口大口吞海苔，据说很管用。

紫阳街上有很多好吃的，甜酒酿、火烧饼、海苔饼、蛋清羊尾、乌饭麻糍、橘红糕、麦芽糖、羊角蹄、麦虾……卖海苔饼的糕饼店有七八家，九九、王天顺、罗记酥饼等，但要论老资格，谁也比不过王天顺海苔饼，这是家有一百二十多年历史的老店。

说起百年老店，不免让人肃然起敬。"王天顺"是正宗的百年老店，清光绪二十五年(1899)创立，这一年，老舍刚刚出生，大清帝国已经风烛残年。"王天顺"不是人名，是店名，刚开始不是做糕饼的，而是卖米和年糕的。后来米店生意难以为继，就转行做起了海苔饼和马蹄酥，一做就是一百多年。

紫阳老街的名字，从最初的紫阳街，到民国的中正街，到后来的解放街，再改回紫阳街，历经世事沧桑。而"王天顺"的名号，历经一百多年的风风雨雨，未曾变过。王天顺海苔饼，据说还是百年前的口味，只是饼的价格，从二十世纪五十年代的两分一个、一毛钱六个，到八十年代的六分钱外加一张粮票一个，再到九十年代的一毛五一个。如今，一个海苔饼是一块五。

每次到紫阳街，离王天顺糕饼店还有十几米远，就能闻到海苔饼的味道，如咸湿的海风的气息。只要闻到海苔饼的香味，就知道前面就是王天顺糕饼店。"王天顺"的招牌挂在店外，写得龙飞凤舞。他们家的海苔饼，永远都有人排队买，买的人，不是一个一个买，而是一筒一筒买。

一只海苔饼的出炉，经过揉面、加酥油、包海苔、烘烤四个环节，临进烤箱前，要刷上一层金黄的蛋液，撒一层白芝麻，这样烤出来的饼才金黄油亮。

做海苔饼，看起来没什么难度，实际上处处有机关，不同的人家，烤出来的口味有高下之分，有的海苔颜色是黯淡的，有的没有清香味，有的口感很干，吃上去“燥渣渣”，而“王天顺”刚出炉的海苔饼，香气扑鼻，酥皮光洁，皮薄馅足。馅料里的海苔，经过高温的烘烤，还是那么油绿湿润，如一场大雨后的森林，口味咸甜，丝毫不腻。

如武林一样，不同门派的高手有各自的路数，王天顺海苔饼也有独门秘籍，如何让烘烤后的海苔散发天然的海苔香，如何让海苔的颜色永远青绿，如何让海苔饼冷后也不发硬，而且保持长久的海苔味，在王家，这个秘密代代流传。

王天顺海苔饼的第四代传承人叫王雄，少年时开始学做海苔饼，守着这个小店铺，一做就是三十多年，他喜欢看书，《左传》《史记》看了个遍。王雄的爸爸叫王维国，围棋下得很好，他还喜欢打太极拳，这两样运动都让人静心。而王雄的爷爷王焕兴，“王天顺”的第二代传人，喜欢唱唱临海词调，每年元宵，都会在细吹亭拉二胡。临海“千年台州府，满街文化人”真不是随便说说的，看看几代糕饼店主的爱好就可略知一二。

我有个女友叫王蓓，生性活泼，喜欢种花，好几次我们一起出差一起培训，闲聊时，她有时会说到海苔饼。“王天顺”的名号就是她家老祖宗创下的，王雄就是她的堂弟，她说她小时候吃过的海苔饼，是放在炉子里烤出来的，那个香气呀，整个紫阳街都闻得到。

王天顺海苔饼里的海苔，这么多年来，都是从三门、宁海运来的。讲究真材实料，是王家做饼的传统。我翻了一下宋嘉定《赤城志》，里面也有记载：“苔，生海水中，出宁海古渡者佳。”宋时，家乡的府志就说海苔是宁海出的质量好。那个时候，宁海还是台州的地盘呢。

糕水馒头、馒头段与糖心馒头

江南的五月是暮春，一到五月，结婚的人就多起来了。周末，参加师兄嫁女的喜宴。上菜临近尾声的时候，端上来一盘白白胖胖的糖心馒头，垒得小山一样高，一人分得一个，掰开来一看，烫烫的板油糖汁，好像缓缓流淌的岩浆。边上一位性急的家伙，糖心馒头一上桌，他就起身急吼吼地搛起一只，嘴里嚷道，我最爱吃糖心馒头了！这位兄台对着大馒头就是"啊呜"一口，结果被热板油烫得哇哇叫。众人直道，慢点吃，慢点吃，性急吃不得糖心馒头啊。

糖心馒头又香又烫又甜，吃一口，让人从心里发出一声舒服的长叹。众人皆道好吃，说好久没有吃到这么香甜的糖心馒头了。我原先还担心吃饱了硬菜，吃不下糖心馒头，结果，三口两口就下肚了。主人客气，临走时给大家发了一大包喜糖，里面还有一双红鸡蛋、两个糖心馒头，让大家带回家。

家乡的馒头有好多种，刀切馒头、开花馒头、全麦馒头、白馒头、红糖馒头、糖心馒头。白馒头是最常见的，半圆形，白白净净，没有任何馅料，味道未免有点寡淡，通常我把它拿来夹油条，馒头的软和油条的脆，倒也相得益彰。在乡间，碰到人家拔栋梁、住新屋、为婚嫁寿宴等喜事，总少不了馒头。在白馒头上点一点红，或者盖个大红章，有朱红的"福"字或梅花图案的，就叫喜庆馒头。吾乡传统的婚礼回礼，一定要在袋里装上十八个白馒头，馒头上都盖着红印子。

旧时民间起屋，开工、上梁、完工、乔迁新居等，都有一套仪式，尤其是上梁，犹如人之加冠，更是郑重其事，要挑日子，讲究些的人家，会选在"月圆""涨潮"之时进行，寓意合家团圆、财源滚滚。带班的木工老师傅要唱上梁歌，主人要给众人吃上梁馒头。红色的袋子里装着点了红的馒头，从梁上抛下，四下里散落，男男女女在下面抢馒头，十分热闹喜庆。在江南，也有的地方，是木匠在梁上边唱边抛馒头："馒头落四方，中个状元郎，馒头落地，状元及第。"主人在下面乐呵呵地用红被单接馒头，屋子里一团喜气。

一到过年，乡村家家都要做馒头，有些大户人家一做就是几十上百个。馒头在蒸笼里蒸熟后，放在一边。正月里家里来了亲戚，就端到桌子上。点了红的馒头，看起来格外喜庆。过年做的白馒头可以一直吃到农历二月二龙抬头的日子。在家乡一些地方，过年走亲戚，不叫拜年，而是说"吃馒头"。有些人家，闲着没

事干，会把馒头片放在铁丝网上，用小火烘干，做成馒头干，给孩子当零食吃，咬起来“嘎巴嘎巴”地响。

白馒头中，以白水洋馒头名气最大，称为“糕水馒头”。白水洋馒头的独特口感跟以辣蓼做成的糕水有关。辣蓼在乡间很是常见，它是民间的酿酒原料。辣蓼割来晒干后，放罐里熬成汁，滤干净后拌入米粉，搓捏成一个个圆柱形，晒干后就是白药，它是蒸馒头、做甜酒酿、酿酒的酒引子。

白药也用来给馒头发酵，白水洋馒头就是用白药加糯米、糕头做成的糕水来发酵的，口感比别处用面粉发酵而成的馒头更加松软。用白药做的馒头肤如凝脂，可以一层一层撕扯着吃，细细品味，有一丝一丝的香甜。

家乡还有种长长的馒头，样子像洗衣服用的棒槌，叫馒头段，把馒头做成长长的一段，中间嵌入红糖，放蒸笼里蒸熟。蒸这种红糖馒头的柴火，越大越好，蒸的时候，空气里有一股子红糖的甜香。蒸好后，切成一段段吃，故叫馒头段。夏天，天热不想烧饭，巧手的主妇就做几条馒头段，想吃时切上一段，配一碗绿豆汤，一餐就打发过去了。

糖心馒头因为香甜软糯，受到普遍追捧。糖心馒头好吃，是因为里面有猪板油，所以又叫板油糖馒头。猪板油就是猪内脏外面白花花的脂肪，把板油去筋去膜，熬成的猪油如羊脂玉般洁白温润。再简单的点心，有了猪油以后，就得到了灵与肉的升华。上海的八宝饭、宁波的汤圆、苏州的糕点，都少不了猪油，那丰腴的口感，全靠猪油造就。少了猪油，糕点也就泯然于众食了。

做糖心馒头时，将猪油与红糖或白糖一起拌和，成为馒头馅。

只要有猪油，糖心馒头入口，必定肥润香甜，才具有压倒众馒头的别样魅力。蔡澜是个"猪油控"，别人采访他，问最无稽的健康建议是什么，他答，别吃猪油。蔡澜认为，只有加了猪油的食物，才有动人心魄、风情万种的油光，也格外美味。

糖心馒头蒸熟之后，它那火热香甜的糖心，深深地把你打动，你真想叫它一声"甜心"，或者一声"达令"。糖心馒头要趁热吃，那种绵密和肥厚兼而有之的口感，那种淡淡的油香，让你欲罢不能。等冷了，板油就会结块，味道就大打折扣了。

也许，人生中的有些东西，的确是你抗拒不了的。比如夏天里突如其来的一场暴雨，比如一个刚出笼的糖心馒头。

又见炊圆升起

炊圆长得白白胖胖，是一个可爱的小胖子。家乡的圆有不少，如汤圆、擂圆、酒儿圆、番薯粉圆、炊圆、麦姜圆、漂圆等。众圆之中，麦姜圆现在甚少露面，一般人不识它的庐山真面目。麦姜圆跟生姜并无关系，它是用麦麸做的，将麦麸加水揉成面团，再捏成圆，因为外形似姜，叫麦姜圆，口感粗糙。麦麸跟米糠类似，是麦子的皮。过去麦姜圆只有穷人才吃，其实麦麸当食材相当不错，高纤维，低热量，能增加人们的饱腹感，想减肥的妹子常吃会身轻如燕。至于漂圆，又叫水圆，大小如珍珠，无馅，又称珍珠汤圆，在家乡，常与酒酿或甜羹同煮。

在各种圆子中，最常见的就是炊圆。在家乡，它的地位，类似汤圆在宁波的地位。在我们这里，“泡”字常常用来形容油炸物，如泡虾、泡油条、泡

鲞，而“炊”字代表蒸，如炊饭、炊圆，所以炊圆就是蒸好的糯米圆子。

炊圆以温岭和椒江的最出名，十里不同风，十里也不同圆。在温岭，炊圆是头上扎只独角辫的大团子，外形类似尖嘴汤圆，而在椒江，炊圆指的是开口的糯米圆，外形有点像开口石榴，又像是烧卖的把兄弟。温岭的炊圆长得丰满圆润，个头也大，吃两个就饱了，馅料有豆腐干、茭白、猪肉、虾皮，也有火腿、鲜笋、虾仁之类。当地除了咸炊圆，还有甜炊圆，甜炊圆的馅是将豇豆煮烂碾细后，拌上红糖做的。出锅后的炊圆容易粘连，通常会在圆子身上滚上一层粉，一般是黄豆粉，也有用松花粉的。在温岭，炊圆的地位也很高，婚嫁喜宴、大小酒席都少不得炊圆。炊圆的“圆”字代表的是合家团圆、圆满幸福。

椒江的炊圆个头略小些，一般都是以猪肉为馅，几乎没见过甜馅，也没有在松花粉上滚一滚的那种待遇。美食纪录片导演陈晓卿在椒江十字马路的小吃店第一次吃到炊圆时，直道好吃，他调侃道：“台州人剽悍，性子急，包个肉汤圆都来不及封口。”

陈晓卿说吾乡人民剽悍，嘿，这真瞒不过陈老师那双见惯了美食的眼，要说剽悍，吾乡人民真是没的说，从食物上就可以看出，莲藕那般粗的麦饼筒、棒槌那么大的馒头段、用刀削出来的刀削面、连口子都不封的炊圆，怎一个豪迈了得。

陈晓卿所称的肉汤圆，就是椒江的炊圆，糯米皮把用葱、姜、酒调好的肉馅包裹得满满当当。包好的炊圆如包子一般向上收口，却不封口，很是襟怀坦白，仿佛是要把肚里的好货色大方地展示给食客。蒸炊圆的时候，肉汁急不可耐地想从口子里钻出来，仿佛地底下的泉水要冲破地面似的。炊圆在蒸笼上冒着热气和香气,身子变得更加白胖丰腴。

夹上一个炊圆咬一口,糯米皮子软糯却有韧劲,馅料肉香浓郁,肉馅的咸香、汤汁的鲜美夹杂着皮子的软糯,撩人的热情在唇齿间迸发,带来了口味与口感的双重享受。在椒江,炊圆最好的伴侣是面结粉丝汤,一碗滚烫的面结粉丝汤,几个热乎乎的炊圆,吃得人心满意足。

苏州也有炊圆,不过他们叫炒肉团子,糯米皮里包着用猪肉、笋丁、咸菜、黑木耳等炒成的馅,上面也是开了个小口,吃之前浇点汤汁,味道格外鲜美。

酒九圆

黄酒在我们那里，一向是叫成老酒的，一个“老”字，代表着资历，代表着阅历，“老酒”二字，也意味着酒是陈的好，越老越有味。在家乡，黄酒的最佳伴侣是红糖，它们总是联袂出场，形影不离如神仙眷侣。

从有记忆开始，红糖与老酒就在我们身边飘香。累了、虚了，红糖、黄酒就联袂上场了。月子里，产妇天天一碗红糖老酒炖鸡蛋，要吃满一个月。街头巷尾的姜汁核桃炖蛋，碗中是核桃碎、蛋液、姜汁，当然少不了红糖与黄酒。在家乡，只要是跟进补有关的小吃，多半有红糖和老酒，如鸡子酒、豇豆酒、猪肉酒、芝麻核桃酒、鸡汁酒。在南方湿冷的冬天里，北风呼啸，一碗红糖鸡子酒一入口，四肢百骸仿佛都活络起来，从头暖到脚。鸡蛋连酒一喝而

净，打个带酒气的饱嗝，仿佛任督二脉已打通。而在海边，海鲜与黄酒结合，被视为调补身子的养生好酒，甜蜜的口感，入木三分的酒味，绵长而浓郁，血蛤酒、黄鱼酒、鳗鱼酒，哪一样少得了红糖与老酒？菊黄蟹肥时，红糖与老酒重出江湖，红糖老酒炖田蟹、红糖老酒炖青蟹，在外人眼里匪夷所思的搭配，在吾乡人民眼里，是那么的顺理成章、水到渠成，简直就是天仙配。一年到头，各种红糖老酒喝下去，酒量能不好吗？

家乡人道："老酒糯米做，吃了闲话多。"海边人的酒量是海量，跟常喝黄酒不无关系。海边人家甚至用黄酒蒸糯米饭，饭上铺五花肉片、红糖、红枣、核桃，鲜香扑鼻，而酒九圆，也是他们的杰作。

家乡的小吃，大多叫法颇为简单，往往识其名，便可知其食，但也有些小吃，比如十四日、酒九圆会让人浮想联翩。酒、九、圆三个字，听上去风马牛不相及，搭配起来，却是渔乡一道人见人爱、花见花开的美食。在传统文化中，九是一个至阳的极数，表示无极限；九也与"久"同音，代表长久，新郎迎娶新娘时，要包九千九百九十九元的红包，以示天长地久。民间嫁囡聚亲或宴请客人时有九大碗，糕点中还有九重糕。

糯米粉中加入少许的猪油，加水揉成面团，做成圆子。圆子可大可小，小的如硬币，大的如大汤圆，在平底锅内用猪油煎至两面金黄，这个时候，就轮到红糖与黄酒出场了，锅中加入红糖，倒入老酒，略加翻炒，红糖在酒中化为糖水，黄酒在糖水中变得醇香。

酒九圆滑糯绵甜，酒香扑鼻。红糖有化瘀生津、散寒活血、暖胃健脾、缓解疼痛的功效。由糯米酿成的老酒，可以活血行气，红糖中加入老酒，更能发挥出“温而补之，温而通之，温而散之”的补血作用。吾乡人民相信，酒九圆能温脾暖胃，一个个酒九圆慵懒地躺在带着酒香味的红糖水中，在灯光下散发着温暖的光芒，甜蜜中带着酒香，圆子香喷喷、热乎乎、软绵绵，空气中有种香甜的气息，让人闻着就要醉，撒一把桂花在酒中，提香添色，味道更佳。在渔乡，过去老人做寿，要吃长寿面和千岁糕，再加上九个酒九圆，代表长长久久到永远。

当金风遇上了玉露，当沙蒜遇上了豆面，当糯米圆遇上了红糖和黄酒，的确胜却人间无数。

烟火气

摊个鸡子麦饼请大王

有人说，面食的故乡在北方，南方的面食都是过客，故有“南粉北面”的说法。说这话的人呀，真是小看了我们南方的面食。

东晋的衣冠南渡，南宋的迁都临安，令大量的北方士族来到南方，带来了吃面食的喜好，江南人在面食上逐渐被他们同化。从那以后，面食在江南不断地推陈出新，如果说南方米粉做成的种种小吃，从汤圆、米线，到梅花糕、橘红糕、桂花糕，无不体现了南方人优雅精致的生活方式，那么南方的面食，则体现出南方人的聪明灵巧、北为南用的实用法则。

说到面食，在故乡，食饼筒是最具风味的，麦饼是面食中的又一个杰出代表。家乡有好多首童谣，都唱到麦饼，最有名的是天台的《麦叫歌》：“大麦黄

黄，小麦黄黄，摊个鸡子麦饼请大王。大王老倌一个屁，大小囝孙抢勿及。抢到上道地，抢到下道地，吱叫，嘭叫，随即便会响。”招待尊贵的山大王，山哈人觉得只有拿出鸡蛋麦饼才够诚意，才能让大王满意。这让我想起一个老梗：古代两个老农畅想皇帝的生活，一个说，皇帝肯定天天烧饼油条吃到撑，另一个说，皇帝下地用的肯定是金锄头！

除了《麦叫歌》，还有《外婆桥》：“摇啊摇，摇到外婆桥，外婆叫我好宝宝，一筒麦饼一筒糕，宝宝吃了还想要。”一个慈祥的外婆，招待自己的宝贝外孙，少不了麦饼和食饼筒。另外一首家乡的童谣：“火萤蟹（萤火虫）矮矮来，飞我小妹头前来。一筒麦饼一桶圆，让你吃了打饱嗝。”这些童谣里，都有麦饼。

烧饼、麦饼都是饼，都是用小麦粉做的。烧饼是在炉壁上经过烈火的炙烤才出炉的，带着烈焰的气息，口感酥脆。而麦饼，是在平底的鏊盘（平底锅）上抹了油后烙出来的，口感较烧饼要软。

家乡的麦饼，有几十种口味，可荤可素，可以是全猪肉馅的全肉麦饼，也可以像出家人一样，来个全素的南瓜丝麦饼。当然，更多的是混合型的——荤素结合。

家乡的麦饼以馅料来分，咸口的有蛋肉麦饼、虾仁麦饼、虾皮土豆麦饼、洋芋丝（土豆丝）麦饼、包菜麦饼、霉干菜猪肉麦饼、咸菜猪肉麦饼、千层麦饼、萝卜丝麦饼，甜口的则有白糖麦饼、豆沙麦饼、红糖麦饼、桂花麦饼、海苔麦饼等，但凡你能想到的食材，都能成为麦饼的馅料。实在没有馅料，昨晚吃剩下的一团冷饭、饭橱中的一点烂咸菜，也可以塞进麦饼里，这种麦饼称为冷饭麦饼，也是别有风味。黄岩宁溪的霉干菜猪肉馅麦饼，十分出名，当地人称之为麦鼓头，大凡到宁溪的，总要吃一只香喷喷的麦鼓头，撑得肚儿圆，才觉得不虚此行。

跟食饼筒相比，做麦饼多了几分技术含量。食饼筒的馅料可以现炒，饼皮可以在菜场里现买，但麦饼没有单独的皮可买，它是灵肉一致的。食饼筒吃不完，下顿甚至下下顿，可以继续吃，放油里一烙，喷香，味道不比现裹的差。而麦饼，必须现做现吃，没了热气的麦饼，已然没了灵魂。

天台人请山大王吃的鸡子麦饼，全名叫“肉丸麦饼鸡子灌”。把猪肉塞进面团中，用擀面杖擀成圆盘状，外面松软，里面鲜香。当麦饼在锅上翻摊至半熟时，把麦饼捅开一个口子，灌进去搅打调匀的鸡蛋液，蛋液缓缓流遍整个馅心。猪肉麦饼本已鲜香，再加进鸡蛋，麦香夹着蛋香扑鼻而来。要做出一个完美的鸡子麦饼，得有童子功，至少要有做几百个麦饼的铺垫，打下坚实的基础后，灌起鸡蛋来，才能做到动作娴熟，行云流水，一气呵成。

天台的肉丸麦饼鸡子灌，难度系数超过中原地带的鸡蛋灌饼。中原地带的鸡蛋灌饼，是把鸡蛋液灌在烙至半熟的饼皮表面上，煎烙而成。吃时在鸡蛋饼上刷上自己喜欢的蘸酱，加上生菜和火腿，卷成一团吃下。中原的鸡蛋灌饼的难度与家乡的肉丸麦饼鸡子灌相比，等于走独木桥比走钢丝。

麦饼各地都有，有时候口味难分高下。从吃麦饼的动作上，可以看出一地的文化底蕴。老江湖用一双筷子夹着麦饼，慢条斯理地吃，菜鸟用一双筷子还不够，要两只手帮忙撕扯着吃。吃麦饼最有文化含量的当数天台人，用的是三根筷子，左手的一筷压住饼，右手的一双筷撕扯来吃。说天台人吃麦饼，多半要扯到历史——天台立县之初，正是三国鼎立之时，三国战祸频仍，麦饼象征着完整的河山，三根筷子代表三国，麦饼被撕扯开来，意味着山河破碎，天台人希望不忘历史，以和为贵，江山一统。天台人看上去憨厚朴实，但是一旦把话题扯开来，就是天马行空，远出天际，话头可以从盘古开天地扯起，扯得没完没了。天台的小吃，按天台人的说法，什么麦饼、食饼筒、五味粥，个个包含着伟大的和合思想，吃个便饭，天台人也不忘说一句什么“和合”，什么“过过”。街头巷尾这些寻常的小吃，被天台人扯上历史大事件或者文化名人后，仿佛命运的草蛇灰线在此布下。

一筒夹糕，加上豆腐生或绿豆面碎，才称得上绝配；一张麦饼，配上一碗白粥或一碗金黄的小米粥，才是一个老饕多年来行走江湖颠扑不破的法宝。

麦饼以咸口居多，甜口的桂花糖麦饼、海苔麦饼、白糖麦饼，甚受甜党的青睐。《舌尖上的中国》总导演陈晓卿在临海的杜记麦饼店，“先吃了 ·碗拗面，又吃了半只麦油脂、半只锅盔，同时品尝了蛋、蛋肉、糖、土豆、霉菜、芹菜六种麦饼”。陈晓卿的胃口不小，一口气尝了六种麦饼，直言自己“被搞大了肚子”。

去年清明，香港中文大学的老校长金耀基回老家天台省亲，我和先生应邀作陪。八十多岁的金先生健步如飞，思路敏捷，谈兴甚浓，我们在天台的土灶头边吃土菜，一桌子的家乡菜，什么虾饼、养生豆腐皮、金针炒肉丝、汽锅香鲜、什锦千张包、油泡酿肉煲、小鱼干、香鱼、野生河虾、鱼头锅，金先生吃得兴高采烈。当一盘热腾腾的菜干麦饼端上来时，先生高兴得像个孩子，他指着麦饼对大家说，这才是正宗的家乡味道啊！

白塔桥的火烧饼

说起紫阳老街的命名，作家郑骁锋有点感叹，他说杭州的清河坊、苏州的平江路、温州的南塘街、镇江的西津渡，都是老街，在江南，老街的名字，往往都因其所傍依的江河而起，云水氤氲，柔情万千，偏紫阳老街的命名，流金铄石，一团火气。

天上有火烧云，紫阳街上有火烧饼。

宋太宗赵光义有一次问大臣苏易简：世上啥东西最好吃啊？苏易简道：皇上呀，哪有什么最好吃的呀，适合自己口味的就是最好吃的。他跟皇上说，自己觉得最好吃的，是腌菜汁，那黄绿色的咸菜汤在他眼里，胜过了玉液琼浆。

我泱泱大国，有一百来种饼，什么样的饼最好吃，没人说得清。要我说，最好吃的是火烧饼。说到火烧饼，不能不提白塔桥饭店。白塔桥饭店在千年府城临海，是一个神一般的存在，我在这里吃到过最好吃的火烧饼。别看现在的白塔桥，既没有白塔，也没有桥，在过去，白塔桥真当是有塔又有桥，白塔桥的原名就叫白雀桥，叫着叫着，就成了白塔桥。有没有塔有没有桥，都不要紧，关键是要有好吃的东西。白塔桥有好多好吃的，别的不说，光一个香酥松脆的火烧饼，就让很多人才下舌头，却上心头。

没吃过白塔桥饭店的火烧饼和蛋清羊尾，就不算到过临海。白塔桥饭店在紫阳街口，两层清代江南建筑风格的木板房，店里至今用的还是长条凳、八仙桌，古里古气的。前几年，还在用算盘噼里啪啦算账，菜单贴在白墙上，自个儿看清了，想吃什么菜，告诉店里的大姐，大姐唰唰唰写在纸上，交给后厨。端上来的菜，不会多一个，也不会少一个。作为紫阳街上硕果仅存的国有老店，白塔桥饭店里，人头永远攒动，环境永远嘈杂，服务员也很少笑出八颗牙。但它的生意就是那么好，忙起来，一个中午一张桌子要翻三四次台。有时候还没开门，门口就围满了人，门一开，众人蜂拥而入，这个说“来一份甜酒酿”，那个说“要十个火烧饼，咸的”。

白塔桥饭店不光卖小吃，也有家常菜，炒肉片、糖醋排骨、素烧鹅、童子鸡、老鸭汤、凉拌醉腰、炒二冬等。这些炒菜很家常，不过味道很好，价格实惠，分量也足。更出名的是它的小吃，什么蛋清羊尾、猪油渣面、炸馄饨、碱水面、凉面、八宝饭、白酒酿、火烧饼。我第一次去白塔桥饭店，是池太宁老师带我去的。池老师为人风趣，教我们古代汉语，上课喜欢讲笑话。他不像别的老师，摆出一副师道尊严的样子，池老师喜欢跟学生混在一起，连打个羽毛球，也要找女学生陪打。他请客的原因，是跟我们几个同学打

赌输了。至于赌的是什么,我忘了,反正是池老师赌输了,便应诺请客,他选了白塔桥饭店。那一次,池老师叫了我们三四个人,点了七八样菜,有牛肉、炒肉片、糖醋排骨、素烧鹅等,还点了火烧饼、甜酒酿,火烧饼是一人两个,记忆中,老师还喝了点酒,吹了一会儿牛。那时临近大学毕业,我一边啃着香喷喷的火烧饼,一边思考着我的人生去向:毕业后是在台州工作呢,还是到杭州工作?

白塔桥的火烧饼,实在香酥,牙齿一咬,饼屑四飞!它的外形圆鼓鼓的,有咸、甜两种,咸的用咸肉、肥膘、葱花做馅,甜的则用板油、白糖或细豆沙。面粉发酵后,拌上油酥,将肥膘、细葱剁碎做馅,捏成饼状,再在饼上涂一层喷香的油酥,撒点芝麻,放入烧饼炉的内壁,用白炭烤制即可。

烧饼炉就摆在进门处的右手边,还没进到店里,从炉口散出的香味,就弥漫在半空,令人垂涎。以至于我到现在,只要想起白塔桥头,脑子里第一个冒出的就是火烧饼,在人间烟火中,火烧饼的香味从来没有从我的记忆中散去。

烤好的火烧饼呈蟹壳状,沾满芝麻,散发着热热的香酥味,咬一口,外脆内软,满口都是葱的香味,热气裹着小葱的香气、咸肉的鲜气,香得扑鼻。那咸鲜油润的口感,实在是好!而甜的火烧饼,咬开来就爆出一口糖汁。苏东坡曾言“小饼如嚼月”,白塔桥的火烧饼该符合他的要求吧。

烧饼一炉有五六十只,一元一只,饼炉前排着一溜人,耐心地等着滚烫的火烧饼出炉。刚出炉的火烧饼,香、脆、酥。跟别处的火烧饼相比,白塔桥饭店的火烧饼,用足了葱花和酥油,烤出来的饼膨松、酥脆,散发着不可抵挡的诱惑。一出炉,马上被买光了。

有些心狠的，一买就是三四十只！

除了火烧饼，白塔桥的白酒酿、蛋清羊尾也值得称道。但我觉得最好吃的还是火烧饼，每次到临海出差，再忙也要挤出时间去白塔桥，吃几个葱油的火烧饼，再来一碗双平麦虾店的麦虾。

我最近一次去白塔桥，是普通读者书店开业，让我做首场讲座。普通读者书店开在百年余同丰当铺的旧址上，灰砖灰瓦，有一个大大的四合院，一排排的木质书架排满四合院的底楼，阳光打在墙上，温柔又斑驳。书店是三个年轻人一起办的，金飔曾是媒体人，在省电视台工作多年，胖胖的韩钊是日本早稻田大学的博士，他是北京人，一口京片子如行云流水，还有一位可爱的姑娘，叫吴梦莹，在英国圣马丁艺术与设计学院读完硕士，回到老家。三个年轻人爱读书，又有情怀，合办了这家书店。讲座开始前，他们陪我到白塔桥饭店吃中饭，问我想吃什么，我说随便，什么都可以，只是别忘了多来几个火烧饼。

霉干菜饼

有一年的夏至,到丽水采风,说到霉干菜饼,建金兄说他们缙云的霉干菜烧饼顶好吃。为了表示所言不虚,还特地开车带上我,从莲都一路杀到缙云,就为了吃上一只他所说的最好吃的霉干菜饼。

说实话,在缙云吃到的霉干菜饼,与我在家乡吃到的霉干菜饼并无两样,但是缙云推广烧饼的力度很大,为了让自家的烧饼增加文化底蕴,缙云人甚至编出一个传说,说轩辕帝当年在缙云鼎湖峰架炉炼丹,饿了就抓一块面团,贴在丹炉壁上烤着吃,这就是霉干菜饼的雏形。其实,轩辕帝那会儿,小麦还没有从西亚传入中国呢。但丽水朋友坚持烧饼的起源地就在缙云,并且跟轩辕帝有关。为了让这个传说显得更真实,他们又把传说改成升级版:轩辕黄帝驭龙升天后,当地百姓用陶土模仿黄帝的

丹炉,制造陶炉,烧烤面团以食用,这就是缙云烧饼的起源。

除了火烧饼,口感酥脆、喷香热乎的霉干菜饼,也是我的心头好。我住临海时,家门口有一条广文路,为纪念杜甫的老哥们郑虔而命名,郑虔是千年府城的文教始祖。边上有家电影院,电影院门口有一家烧饼摊。电影院和烧饼摊,是我经常光顾的宝地。在我的整个学生时代,看电影是我最主要也是最重要的"外事活动"。有时候,电影快开场了,而晚饭还没吃,买只热乎乎的霉干菜饼,就这么揣着进了电影院。电影散场,茫茫然走出电影院,沉浸在电影的悲欢离合中不能自拔,只有电影院门口霉干菜饼散发的香味,才能把我从虚幻的世界拉回人间烟火中。

台州中学边上也有烧饼摊,总是人头攒动,每天都重复着这样的场景:简陋的炉子旁,围着一群放学的学生,他们盯着炉子,一个劲地咽着口水,翘首以待霉干菜饼的横空出世。那肉香菜香浓郁的烧饼,是学生们心心念念的美味。只要一闻到霉干菜饼的香味,我们这些祖国的花朵,就像巴甫洛夫的狗一样,嘴里条件反射般地涌上一浪一浪的唾液。

卖烧饼的是夫妻档。女的负责做饼,从和好的面团中,随手一揪,揪一把面团,用手揉成圆,用手掌一压,放上剁碎的五花肉和菜干,散些葱花,用擀面杖把面团擀成饼状。烤饼的是男的,右手托饼,两面沾点水,以迅雷不及掩耳之势,把薄饼贴上炉壁。等上两分钟,用饼钳一夹,喷香的霉干菜饼就出炉了。

新鲜出炉的霉干菜饼,又圆又大,热乎乎地冒着气,圆圆的黄面饼上,东一块黑,西一块焦。咬一口,菜香、肉香、葱香混在一起,香气满溢。饼皮酥松,肉馅肥而不腻,干菜咸香入味,越吃越想吃。霉干菜饼有五毛一个的,也有一元一个的,五毛的霉干菜饼,饼薄馅少,一元的,是豪华版,肉多菜多。摊主还可以根据你的要求,多加些葱花,或撒些胡椒和辣椒粉。

家乡的霉干菜饼,绝大多数都是仙居人做的。仙居人自幼跟着长辈学手艺闯四方,在江南大小城镇中,很多洗染店、油漆店都是仙居人开的,有一半的烧饼摊也是仙居人摆的。在杭州摆烧饼摊的,不是缙云人,就是仙居人,以至于形成了烧饼江湖上的两派——缙云派和仙居派,好像武林中的少林派和武当派。一张做饼的木桌,一个油桶改装的大饼炉子,炉芯是用泥土垒的,这是他们做饼的全部家当。

若论霉干菜饼的好吃程度,两派不相上下,但若论推广力度和炒作程度,缙云派远胜于仙居派。缙云为了推广烧饼,成立了一个烧饼办,这烧饼办的全称是缙云烧饼品牌建设办公室,还开办了烧饼夜校,要求当地的官员都要学做烧饼,为的是知己知彼,百战不殆。烤烧饼,炉内温度高,手上的汗毛常被高温烤没了。丽水朋友跟我开玩笑说,凡是看到手上没有汗毛的领导,十有八九就是缙云来的。

缙云烧饼在杭州的代表人物是胖子烧饼哥。这位缙云烧饼哥二十多年前到杭州摆烧饼摊时,路费还是借的,二十多年下来,他在杭州混得风生水起,靠卖烧饼,在杭州买房买商铺,买了两辆奥迪。还有一大批自命不凡的浙大高才生,仰望着这位成为网红的励志哥。

实际上,在杭州开小吃店,卖麦饼、烧饼、小笼包的,有不少仙居人,他们在杭州也买了房,安了家,购了车,但他们都坚守“财不外露”的祖传混江湖宝典,闷声不响地发着财。

在家乡,霉干菜饼,一般叫成菜干饼。除了火烧饼,没有比霉干菜饼更好吃的饼了。一直到现在,吃过各种各样的饼,我还是坚持认为,霉干菜饼与火烧饼的美味,天下无双。一位新疆朋友老跟我吹他们的馕,说他们的馕如何如何好。他到江南来,我请他吃霉干菜烧饼,他吃了一个,还要一个,临走还打包带走了十几个,从此不在我面前提新疆的馕了。

记起关于慈禧太后的一个小故事。这个霸道的女人对小吃相当讲究,因御厨赵永寿做的肉末烧饼好,赏给他花翎一枚、白银二十两。如果慈禧太后吃到我家乡的霉干菜肉末烧饼,赏钱没准会加上一倍。

油墩子

紫阳街是我去得最多的老街,街上招展着各色的酒幌、店旗,有各种小吃店、糕饼店、老药店、秤店,常给人时光回溯的感觉。虽然是清朝的老街,但我总觉得,《金瓶梅》这样的故事,有可能发生在这里。《金瓶梅》里那些争闲斗气的事儿,我不爱看,但我喜欢《金瓶梅》里的吃,有烈火烹油、鲜花着锦般的闹猛。《金瓶梅》里一写到吃,劈头盖脸便是"登时四盘四碗拿来,桌子上摆了许多嘎饭,吃不了",又是"两大盘玉米面鹅油蒸饼儿堆集的",还有"银厢瓯儿里粳米投着各样榛松栗子果仁梅桂白糖粥儿"。而紫阳街上好吃的点心比这多了去了。如果外地朋友来,你带他到紫阳街走上一遭,吃了梅花糕、火烧饼、油墩子,他对这座城市马上会产生几分感情,从此有了才下舌头却上心头的牵挂。

在家乡，油墩子也叫笋饼，或者叫萝卜丝饼，因为馅料是笋丁和萝卜丝。紫阳街上的萝卜丝饼，味道真不是一般的好。外面炸得金黄，里面的萝卜丝却细嫩无比，咬一口，热乎乎，香喷喷，还有丝丝的甜味。如果说童年有什么金色的回忆，那金色的萝卜丝饼在孩子的心中，肯定占有一席之地。

油墩子是南方常见的小吃，在广东，它被叫成猪脚圈、揭桃包、芋粿、油炖、菜头圈之类，最有意思的是猪脚圈的叫法，馅料有红豆、芋头粒之类，以包芋头粒炸出来的猪脚圈最香。在广东，鸭母捻里没有鸭母，鼠壳粿不是用鼠壳做的，猪脚圈里也无猪脚。广东人说话就是那么喜欢拐着弯说，比如一个词“快速”，广东人会说，“时间就是金钱，效率就是生命”，一个词“拖延”，广东人会说，“以时间换空间”。

前些年，街头热闹处，经常有卖油墩子的，摊前摆着一只煤球炉、一只铁锅、两只面盆。这两只面盆，一只用来放面糊，面糊要搅得咸淡适中，一只用来放拌好了的馅——白萝卜丝和葱花。炸油墩子用的是一个椭圆形的铁模子，下面比上面略窄一些。把面糊、萝卜丝连同铁模子一起放入油锅里，在油中让它不断翻滚。看到油墩子在锅里冒着泡泡，你忍不住吞咽一口口水，等待的过程有点像猫儿挠心，等到两面都炸至金黄，香味一阵阵飘散，一只金黄焦香的油墩子就出炉了。摊主把油墩子放在沥油架上，稍微沥一下油，用一张巴掌大的纸片托住油墩子，递到你手里，油墩子很快在纸片上洇出一片油迹。

刚出锅的油墩子，热乎乎，香喷喷，最是好吃，外面的饼皮焦脆，里面的萝卜丝嫩香，迸发出富有层次的口感。迫不及待咬一

口，烫得龇牙咧嘴直哈气，烫得从这只手换到那只手，连连吹气想让它快点凉。但等不到变凉，一只油墩子已经下肚。

小孩子都喜欢吃香脆的煎炸食品，如果那时小吃可以打榜，油墩子一定高居榜首。校门口不远处，小巷子里，常有卖油墩子和卖烧饼的摊子；搞游园或者灯会时，卖主会推个小车，车上架个油锅，现炸现卖。有零花钱的小孩，是小朋友眼里的“阔佬”，时不时可以买油墩子解馋，没有零钱的同学在边上馋得直流哈喇子。关系特别铁的小哥们或小姐妹，买了一只油墩子，会让你咬一口，那是比海还要深的友情。

油墩子这种人间油物，适合怀旧，吃到嘴里那种脆卜卜的口感和鲜甜，让人回味半天。吃着油墩子，童年的回忆真是滚滚而来。

泡桐花、锅盔及其他

那年春天，是大学的最后一个学期。临近毕业，学校就没安排别的课，三四月间，班主任胡老师安排我们去白水洋中学实习，担任初二的语文老师。白水洋中学在乡下，从临海城关到白水洋中学，有好几十里的山路。报到那天，汽车卷起一路的灰尘，把我们带到白水洋。记得那一天，路边的山坡上，有很多红艳的杜鹃花和清丽的荼蘼，杜鹃花昂扬饱满，像极了我们的青春，而荼蘼花有碧绿的长枝条，开一朵又一朵的白花，清新得如同新娘的捧花。

学校腾不出宿舍给我们这些实习老师住，找了间大房子，让我们七八个同学横七竖八地打地铺。那时年轻，有的是朝气，没觉得什么苦，每天都是乐呵呵的，只觉得乡下孩子调皮可喜，比城里孩子多了几分率真，想到即将步入社会脱离父母严格的管教，有种鸟儿飞出笼子的快乐，看什么都顺眼。校园里有一株高大的泡桐树，暮春时开出一树一树紫色的花朵，美得像花妖，一场大雨后，落了一地的花瓣。上体育课时，学生们围着操场跑完几大圈后，就喘着粗气在花树下歇息。

泡桐树下有老围墙，围墙的一角，有一个小卖部，是教数学的范老师家开的，守店的是范师母。范师母有一手绝活，就是做锅盔，她一边守着店，一边煎锅盔卖，锅盔很香，下课时，围着她的学生很多。边上还有豆浆摊，卖豆浆的是王师母，豆浆都是现磨的，有很浓的黄豆味。

出了校门，有清清的溪水，每天哗啦啦地流着，溪上有桥，桥两边是街，有各种小摊，卖小笼包的，卖火烧饼的，卖牛肉碎的，卖大米面的，卖炒面干的，还有卖红糖馒头和糖糕的，到了集市日，街上更是热闹，有些学生的家长会过来赶集摆摊。

学校的伙食好不到哪里去，每天中饭后，过了两三个小时，肚子就饿了，有时上着课，肚子不争气地咕噜咕噜叫起来。放学后，待学生们喊出“老师再见”，一哄而散后，我们几个实习老师，就跑去街上找各种小吃填肚子。

那时还没有“白水洋三宝”之说，许是饿了，只觉得白水洋的小吃样样都好，那猪油红糖馒头，看上去平淡无奇，但雪白的馒头皮是可以一层一层撕开吃的，吃到混合着板油的红糖时，有一种蜜在舌尖流淌的感觉。还有一种类似于油墩子的油圆，把切好的豆腐、葱花、萝卜丁，用面糊封口，放在油里炸得金黄喷香，我一口气能吃好几个。

吃得最多是锅盔,就是在范师母的锅盔摊上买的。扁扁平平的一个面饼,馅里有肉,放在大鏊盘上煎得两面金黄。学生们都把这种小吃叫锅块,我觉得应该叫锅盔才对。可不是吗?这金黄的面饼,像是古代将军的金色盔甲,《三国演义》里有"三通鼓罢,袁绍金盔金甲,锦袍玉带,立马阵前"之句,在群雄争霸的三国时代,那披戴着金色盔甲的袁绍,立马阵前的样子,是多么富有英雄气概啊。叫一声锅盔,仿佛就有了几分豪气。

锅盔是用小麦粉做的,小麦面团发酵好后,擀成圆皮,包入馅料,馅料用新鲜猪肉、葱花、老酒、盐等拌匀做成,将圆皮压成扁平椭圆的形状,逐个整齐地摆入锅内。锅是平底锅,本地人称为鏊盘。范师母手脚很快,锅内刷一层油,同时放七八个锅盔,煎的时候,为了使两面受热均匀,她要不停地给锅盔翻面,还要加一两次水。加了水,热锅会发出"嗤"一声,冒出阵阵白烟,一时间香气缭绕,隔了老远都闻得到肉香。加盖焖煎,到水干即熟,这时的锅盔被煎得两面金黄,肉香、饼香四溢。起锅前,撒点葱花、芝麻,金黄的锅盔又多了几分香气。

锅盔不像麦饼那么软糯,也不像烧饼那般松脆,饼皮也较这两者厚多了,但别有风味。之前吃过一种水煎包,做法跟锅盔相似,但更像一只扁平的包子,至于馅料,有猪肉、粉条、韭菜,跟锅盔比,还是稍逊风骚。范师母的锅盔色泽黄亮,外壳微脆,馅料咸鲜香嫩,肉馅饱满,一口咬下去,满满的鲜肉,却油而不腻,汤汁随着鲜肉流了出来。饥肠辘辘的时候,吃上这么一个锅盔,用我同学的话来说,给个校长当都不换。说这话的同学,当年跟我一起在白水洋实习,现在已经是市直单位的一把手了。

与白水洋中学重新挂上钩，是因为几个实习时教过的学生。其中一个是蔡永胜，当年的小毛头，现在是联合国机构的高级法律官员，并且写得一手好文章。还有一个学生叫罗米良，是大连外国语大学的教授。他们都是白水洋中学的学子，如今离家千里万里。离家越远，乡愁越深，这几年，我写过几本关于家乡人文风物的书，他们读后，常与我在微信中交流。永胜同学还写了一篇回忆文章，回忆我担任他们实习老师时的种种，我读后，既感亲切，又觉得惭愧。几年前的一个夏天，他们开同学会，特地邀请我参加。当年十几岁的青涩少年，都已到中年，风吹散同一棵树上的千万颗种子，他们落地在不同的地方，亦安家在不同的地方。草蛇灰线，伏脉千里，或许命运在当年就已埋下伏笔。

师生碰在一起，免不了说起当年旧事。很多往事，在我的记忆里，如水雾般模糊。毕竟，我在白水洋中学，只当了六个星期的实习老师，而时光，已流走三十年了。但是，我记得暖风吹过时校园里的那一树紫花，记得围墙里金黄喷香的锅盔，记得那些调皮可爱的学生，记得白水洋的人情浓似酒。

蛋清羊尾

在家乡，能够荣登《中国菜谱》的小吃，好像只有蛋清羊尾。出现在这本书上的这个小吃，名字叫“蛋白夹沙”。但不管叫啥，都逃不脱热爱美食的家乡人民的火眼金睛，就算你披了马甲，依然认得你是蛋白肌豆沙心的蛋清羊尾。

蛋清羊尾的得名，是因为它以鸡蛋清为原料，出锅时形态似松软的羊尾巴。比起直白的蛋白夹沙来，这名字有几分俏皮。

诗人舒婷来临海采风，吃了蛋清羊尾后，叫好不绝，她在《大美临海》中写道：“热腾腾软酥酥香喷喷，唇齿来不及盘点个中真谛，嗓子眼已经彻底没收了。”

蛋清羊尾虽是名点，其实不需要太多的原料，不像佛跳墙之类，光是用料就要准备几天，也不像

《红楼梦》里的茄鲞，配料比主料更昂贵，让人有主次不分的感觉。

蛋清羊尾的制作，需要用的原料只有鸡蛋清（即蛋白）、猪油、豆沙、绵白糖、淀粉。简单的配料，能制作出绝顶好吃的东西，这才是真功夫，就像大音希声一样。

并非我故弄玄虚，做蛋清羊尾的确要点真功夫，有点武术功底最好，头脑简单四肢发达的那种也行，像我等头脑简单四肢也不发达的只能待一边去。做这道点心，不仅比拼手劲，还要有定力、耐力，外加决心、恒心。

先将豆沙、白糖、板油做成豆沙泥，搓成鹌鹑蛋大小的丸子。取五六个鸡蛋，去掉蛋黄，只留蛋白，一双筷子，一只铁臂，朝一个方向，不停地上下搅打，打至泡沫状或雪花状，加入淀粉。据说有真功夫的，能把蛋清打得筷子插入其中而不倒。天热时，蛋清很难打到凝固，所以蛋清羊尾通常在天冷时做。

将豆沙放进搅打好的蛋清里，豆沙丸子上就会挂上一层蛋清泡沫。将油锅烧热，将丸子放进沸油里炸。这几个环节，看上去平淡无奇，但是任何一个环节出现纰漏，这丸子便不成功便成仁了。

什么东西都经不起烈火焚身的考验，不管啥面食，一进油锅，就脱胎换骨。像油条，两团软不拉叽的不起眼的面条子，比筷子粗不了多少，放进油锅后，出来就变成虚胖的油条，浮夸得让人叫好。王朔就说过，就是土坷垃放在油里炸，也保准香脆，何况是蘸了蛋清泡沫的豆沙丸子！

豆沙丸子一下油锅，五内俱焚，在煎熬中，像变身般地，丰腴肥美起来。

一万年太久，炸丸子只需几秒。待到三分嫩黄，赶紧将蛋清羊尾捞上摆盘。然后，在它色泽金黄的胴体上，如天降甘霖般地撒上一些白糖。待稍凉些，夹一只软乎乎热烫烫的蛋清羊尾到嘴边。蛋清羊尾这玩意儿跟拔丝地瓜一样，讲究现炸、现吃，凉了就软塌塌的，口感差远了。

一口咬下去，先是感受到白糖颗粒与唇舌的亲密互动，紧接着外脆里嫩的口感充溢舌尖——外面的蛋清金黄松脆，里面的豆沙馅心油润甘香，一时间，蛋白的清香、豆沙的甜香充满你的口腔，让你来不及细细地品味，就像猪八戒吃人参果一样，整个的蛋清羊尾就滑下肚了。蛋清羊尾虽然是个“热量核弹”，但架不住它实在美味，有些嗜甜的人，吃到兴起，一口气能干掉五六个。

我随父母到临海时，还是个高中生，第一次吃到这玩意儿，一口气吃了四五个，有“此物不应人间有”的感觉。借用汪曾祺先生的话：“这东西只宜供佛，人不能吃，因为太好吃了！”说实话，我对临海的喜爱，始于一只蛋清羊尾。

常州也有蛋清羊尾，不过它的名字毫无诗意，叫网油卷，乍一听，还以为是跟保鲜膜差不多的玩意儿。常州人还把网油卷跟苏东坡扯上关系。去年冬天，与春祥、沧桑、华诚等散文作家到德清参加笔会，杂文家张林华是东道主，拿出好东西招待我们，其中就有一盘蛋清羊尾。不过，在德清，它不叫蛋清羊尾，而是叫洗沙羊尾，德清人把豆沙称为洗沙。

前些日子到东北，当地朋友请我吃土菜，什么小鸡炖蘑菇、猪肉炖粉条、酱炖芸土排、红烧肘子、鲇鱼炖茄子之类，都是一大盘一大盘上来的，端的是豪放。没想到，最后上桌的，竟然是蛋清羊尾！哎哟喂，这个真是好！太对我胃口了！在东北，这道小吃叫雪绵豆沙。想不到，糙里巴叽的东北爷们竟然给它起了个更空灵更仙气的名字，除了雪绵豆沙，在东北，它还有雪衣豆沙、彩虹豆沙、美丽豆沙的艺名。只不过，雪绵豆沙的外衣是洁白如雪的，不像家乡的蛋清羊尾，有色泽金黄的外表。也许这是北派和南派在这道小吃上唯一的区别。

泡鲞

仙居人自诩他们那地方是“神仙居住的地方”，仙居有国家5A级景点神仙居，也有黄灿灿、圆鼓鼓的泡鲞。

正如麦虾不是虾，蛋清羊尾不是羊尾巴，垂面饭不是饭，乌狼不是狼（在家乡，乌狼是指河豚），泡鲞也不是用水泡发的鱼鲞。

鲞是指剖开晾干的鱼，也指成片的腌腊食品，如黄鱼鲞、乌狼鲞、鳗鲞、墨鱼鲞，而泡鲞里面，通常只有象征性的一小块咸带鱼。作为神仙居住之地，仙居以神仙居和杨梅出名，仙居人说话行事历来有自己的一套，比如他们以“死人”代表“很”，以此表示程度严重。死人香香，意思是很香；死人好吃，意思是很好吃；小死人指的是小孩。他们的叹词是“哦嚄”，哦嚄，好大的树，哦嚄，雪落得大大哇了，听上去很是呆萌。

在仙居方言里,“泡”字是炸的意思,比如炸油条,叫泡油条,炸油豆腐,叫泡油豆腐等。当然,泡妞、泡脚之类的泡,不在其列。仙居人口中的泡鲞,其实就是炸鲞。

泡鲞是仙居八大碗之一。八大碗是当地最具代表性的美食,分为上四碗和下四碗,上四碗为采荷莲子、湘子海参、铁拐敲肉、钟离翻碗肉;下四碗为洞宾大鱼、仙姑肉皮泡、国舅泡鲞、果老豆腐。八大碗中,猪肉是最主要的食材,仙居人号称八大碗只给神仙享用,只要餐桌上一上八大碗,必定搬出八仙过海的八仙来镇场子。呵呵,想来当神仙也没什么花头,仙界的食物竟然跟人间一样,无非是鱼、肉、豆腐啥的。

而在《西游记》中,脱离凡胎肉体的神仙,吃的全然不同于人间。《西游记》第五回中写到王母仙宴:“桌上有龙肝和凤髓,熊掌与猩唇。珍馐百味般般美,异果嘉肴色色新。……这大圣点看不尽,忽闻得一阵酒香扑鼻;急转头,见右壁厢长廊之下,有几个造酒的仙官,盘糟的力士,领几个运水的道人,烧火的童子,在那里洗缸刷瓮,已造成了玉液琼浆,香醪佳酿。”作为天庭的“第一夫人”,王母娘娘的仙宴上有龙肝、凤髓、熊掌以及猩唇(猩唇是麋鹿脸部的干制品)。王母开蟠桃会宴请神仙,珍馐满桌,孙悟空却不在其列,自然要气炸。

不只大仙,就算仙界底层——花果山里的猴子吃得也不差:“众猴果去采仙桃,摘异果,刨山药,劚黄精,芝兰香蕙,瑶草奇花,般般件件,整整齐齐,摆开石凳石桌,排列仙酒仙肴。”仙居一山一溪、一崖一洞、一石一峰皆风景,云雾缭绕之中如有仙气,只是旧时深山冷岙,没有龙肝凤髓,大碗猪肉端上桌,便是最上等的礼遇。

在山民眼里，猪肉是天下第一等好吃的东西，难怪要假借八仙之名。正如天台人请大王的最高待遇是鸡子麦饼一样。

泡鲞在仙居人的心中，有不可动摇的地位，我第一次去仙居时，当地朋友热情洋溢地向我推荐了泡鲞，同时生动地描述了八大碗及背后的诸位大仙，他请我在街头的油炸摊上，当街品尝了一块香喷喷的泡鲞，以此证明所言不虚。

这以后，每次去仙居，少不了要吃霉干菜饼、吃泡鲞、吃浇头面，如果是作协组织的采风之类，必定还有八大碗。在仙居，有喜事的地方，泡鲞通常都会露脸，吉时上梁、新屋落成、婚嫁寿宴之类，都少不了一碗灿如金锭的泡鲞，当地人一句“你家办泡鲞鱼胶啦”，就代表着喜事临门。

做泡鲞跟做油墩子和泡虾相似，面粉、鸡蛋、酒、盐按比例调配好，加水搅成糊状，放边上“醒”两三小时。用小勺子舀一勺面糊，放一小块鲞在面中，直接扔进油锅煎炸。仙居多山珍，少海味，对海鲜格外珍惜。早些年去仙居，吃的泡鲞里面，偶尔还可以吃到黄鱼鲞，这几年黄鱼的价格扶摇直上，野生黄鱼差不多都退隐江湖了，面粉糊裹着的就不再是黄鱼鲞，而是带鱼，那带鱼也切得细细小小，比指甲盖大不了多少。

包着带鱼丁的面糊坠入油锅，在热油中浮浮沉沉，锅里冒着气泡，面糊从白色渐渐变为金黄，膨胀得圆鼓鼓。出锅的泡鲞，有点像泡芙，小儿拳头大小，外脆里软，咸中带香。

夏至到仙居，当地的朋友带我摘杨梅，吃泡鲞。问我仙居杨梅、仙居泡鲞味道如何时，我发自内心地感叹道，哦嘍，仙居杨梅大大哇了！仙居泡鲞死人好吃哇！

豆腐脑，煞清爽

在南方，谁的记忆里没有一碗豆腐脑呢？当一碗嫩生生、白花花、散发着豆香的豆腐脑摆在你面前，你因早起而惺忪的双眼，刹那间火花迸发。就跟人生有无数次的选择一样，要甜的还是咸的，这是每天清晨摆在你面前的一道选择题。喜欢甜的吗？撒一勺绵白糖，端起碗喝上一口，舌尖立刻有了沙沙的感觉和滑软的甜蜜。或者舀一勺子的红糖水进去，豆腐脑上顷刻之间流淌着暗红的糖水，如冰河解冻，春回大地。喜欢咸的吗？一撮炊皮、几粒榨菜碎、几丝紫菜铺底，一碗热气腾腾的豆腐脑立刻有了鲜香的味道，再撒上一撮碧绿的葱花，一碗豆腐脑立马活色生香起来了。

家乡把豆腐脑称为豆腐生，“生”念 sáng。尽管家乡的豆腐脑也有咸的，但对于我这样一位忠实的甜党人士来说，最爱的还是甜豆腐脑。同样是加糖，家乡更多的是加红糖水，一碗白嫩的豆腐脑，撒上一把红糖，难免受甜不均匀，体贴的摊主通常会熬一碗红糖水，浇在豆腐脑上，最后再撒几朵桂花。也有加蜂蜜和薄荷的，那多半是在夏天，那种清凉的口感，让人瞬间心生爽意。更阔气的，会加上红豆沙、黑芝麻糊，冰镇过后，成了夏日里的一道甜点。

当年道家炼丹，想炼出长生不老药，却意外地炼出了火药和豆腐，而炼出豆腐的就是汉高祖刘邦的孙子、皇三代刘安。作为名声赫赫的淮南王，他召集术士门客在安徽八公山上，燃起熊熊的炉火，用黄豆浆和盐卤来炼丹，结果炼出鲜嫩绵滑的豆腐脑和豆腐。

豆腐脑和豆腐都是豆浆点卤后的产物，只是时间不同，最先变身的是豆腐脑，白嫩水滑，如二八佳人，豆腐脑压实凝固后成为豆腐，如中年大妈。让它们变身的过程就叫点卤，过去点卤用盐卤，就是《白毛女》里杨白劳自杀时喝的那玩意儿。现在点卤多用内脂。

有人爱吃豆腐，有人不爱吃豆腐，但没人不爱豆腐脑，豆腐脑细嫩滑腻，入口即化，如花一般娇嫩，所以多情的南方人称之为豆腐花。正如他们称女人为女人花。

好豆好水才有好的豆腐脑，清代名医王孟英在《随息居饮食谱》中说豆腐："以青、黄大豆，清泉细磨，生榨取浆，入锅点成后，软而活者胜。点成不压则尤软，为腐花，亦曰腐脑。"他认为，清泉细磨出来的，才是好的豆腐脑。

地上本没有路，走的人多，也便成了路。豆腐脑本无味，吃的

人多了，便吃出了各种味。正如北方人惊异于南方的豆腐脑竟然撒糖，而南方人同样惊异于北方的豆腐脑如此重口味，比起家乡豆腐脑的清爽，祖国大江南北的豆腐脑，是五花八门、五味杂陈。在南方人眼里，不少都是异类和奇葩。北京的豆腐脑会加勾过芡的卤肉汁，四川的豆腐脑里会撒一把辣椒面，河南人的豆腐脑，要有一勺酸辣鲜香的胡辣汤，还有些地方，吃豆腐脑不但要浇卤汁，还要淋上辣椒油和蒜汁儿，这已经接近于炼丹了。

当北方的朋友跟我大谈把勾了芡的卤汁加入豆腐脑如何美味，加了由口蘑、肉碎、鸡蛋、酱油混合成的咸卤子的豆腐脑是如何销魂时，我丝毫不会被打动。汪曾祺就说过："北京的豆腐脑过去浇羊肉口蘑渣熬成的卤。羊肉是好羊肉，口蘑渣是碎黑片蘑，还要加一勺蒜泥水。现在的卤，羊肉极少，不放口蘑，只是一锅稠糊糊的酱油黏汁而已。即便是过去浇卤的豆腐脑，我觉得也不如我们家乡的豆腐脑。我们那里的豆腐脑温在紫铜扁钵的锅里，用紫铜平勺盛在碗里，加秋油，滴醋、一点点麻油，小虾米、榨菜末、芹菜（药芹即水芹菜）末。清清爽爽，而多滋味。"汪曾祺是高邮人，南方人口味清淡，就算他在北京生活了这么多年，口味上也没有被同化，他到底还是怀念家乡清爽的豆腐脑。

"清清爽爽，而多滋味。"这才是南方豆腐脑的真谛。清淡的口感，让味蕾更加敏感，从而能体会到美食之间的细微区别，那些哭着喊着要多加香菜多加蒜泥多加辣椒油的北方人体会不到，南方的一碗豆腐脑，口感可以清爽到让人产生无欲无求的高僧般的洁净感。

对于吃惯了甜豆腐脑的南方人来说，一碗白嫩细滑的豆腐脑被颤颤巍巍地端上桌，撒上白糖或者红糖浆，甜美得足以把人唤醒。在寒冷的冬天，一口热腾腾滑嫩嫩的豆腐脑下肚，从胃里腾起一朵暖云，再来一根油条或者一筒嵌糕、一笼小笼包、一碟鸡蛋炒麻糍、一块麦饼，那是家乡早餐的顶配。很多时候，食物比爱情，给了我们更多的多巴胺。

鸡子豆腐皮

“撩”字很有意思，撩妹是撩，撩豆腐皮也是撩。

豆腐皮是用黄豆做成的，黄豆的学名就是大豆，在家乡俗称毛豆，很乡土的名字，就像是在叫邻家小弟。在古代，豆称为菽，一千多年前，它就出现在《诗经》中，《诗经》里有“采菽采菽，筐之筥之”的句子，说明春秋时期，这种乡间作物已长满大地。

小时候，我们都去地里捡过毛豆。乡人收割了毛豆，脱粒晒干，如果有遗漏，小孩子是可以去捡的。毛豆的豆荚是扁平的，豆荚上长着一层细细的茸毛，如孩儿面，所以称为毛豆。青春期的毛豆，豆荚嫩绿，青翠可爱，新鲜连荚的毛豆摘下来，用水一煮，就是煮毛豆，是很好的下酒菜，也有人剥了豆荚，捡出豆子炒着吃。绍兴有“十豆过酒”，下酒菜里有鲜罗汉豆、鲜蚕豆、带壳鲜毛豆、茴香豆、盐青

豆、爆开豆、兰花豆、芽罗汉豆、笋煮豆和鸡肫豆。带壳鲜毛豆在酒馆里到处可见。

毛豆豆老珠黄后，就成了黄豆。细细长长、弱不禁风的黄豆芽，就是黄豆孵出的。黄豆更多的用途是做成各种各样的豆制品。把泡好的黄豆磨成浆，煮熟后就成了豆浆，豆浆用卤水可以点成豆腐。油泡、千张、面结、素鸡、臭千张、臭豆腐、豆腐乳、酱油、豆瓣酱……都离不开黄豆。一个素食主义者，凭一颗黄豆可以走完漫长的一生。佛寺道观里，豆制品是最常见的食物。国清寺的素斋，我吃过几次，有素鸡、素火腿、素鱼之类，十之八九都跟黄豆有关。

做豆腐皮之前要磨豆浆。黄豆提前泡好，用石磨磨成豆浆，滤掉豆渣后，倒在大铁锅里烧滚。农村的锅灶很大，大铁锅里可以倒入很多豆浆。豆浆烧煮时，会"噗噗噗"不停地冒出泡沫，要用勺子把泡沫全部撇除干净，这样锅里的豆浆会慢慢地结出一张乳白色的像粥皮一样的皮衣，这就是豆腐皮。别的地方也有称豆腐皮为"油皮""腐竹""豆腐衣"的，很是形象，我觉得把豆腐皮叫成"金衣"也未尝不可。

用一根细长的小竹竿子把热锅里的豆腐皮小心撩起，另一只手用菜刀或铲刀沿锅边在豆腐皮的四周铲上一圈，拎出来后，直接挂在院子里晾干。一张豆腐皮撩出后，锅里又会结出新的一张，就这样，一张接一张地撩起，挂满竹竿，远远看去，好像在晒纸。

二姑姐家里做豆腐皮时，我通常在边上傻看，有时也帮忙拉拉风箱，雾气和豆气弥漫了整个厨房。第一张豆腐皮撩出来后，二姑姐一般都是直接放到碗里，叫我现吃，说第一张豆腐皮营养最好。新鲜的豆腐皮不需要加料就很好吃，非常滑嫩。

豆腐皮撩得差不多时，豆浆变稀，无法再结出皮，就端出来直接喝。乡村里的豆浆是不掺水的，浓香白嫩，有明显的黄豆味，不知比店里的掺水豆浆强多少倍。点上卤水，做成豆腐或豆腐脑，豆腐脑如羊脂白玉，加点白糖或红糖，鲜香得不得了。磨豆浆剩下的豆渣被拿去喂猪，吃得猪直哼哼。

天台乡下，做豆腐皮时常可见，据说豆腐皮也是始于汉淮南王刘安，做豆腐时"其面上凝结者，揭取晾干，名豆腐皮"。先生是天台人，家里的豆腐皮都是乡下亲戚直供的，这么多年来，从来没有买过。天台的手捞豆腐皮在周边都是出了名的，淡黄色，如棉纸，如金衣，半透明，手感柔韧，入水不糊，有豆香味。

从前的乡里人，从小到老，从来不喝牛奶，依旧长得壮壮实实。乡人视豆腐皮为补物，大凡看产妇、看病人，都会送点豆腐皮，亲朋上门，撕一张豆腐皮，打两个土鸡蛋，加点红糖，烧成豆腐皮红糖鸡子点心，天台人称之为鸡子豆腐皮。豆腐皮鲜香，鸡蛋嫩得还在流黄，端上来，叫你趁热赶紧吃，一边还客气地说，乡下也没什么好吃的，吃碗鸡子豆腐皮，补补身子。有时新媳妇或新女婿上门，在豆腐皮汤里打五六个土鸡蛋也是常有的事。我与先生刚结婚时，跟着他回老家走亲戚，走一户人家，不是吃鸡子茶（白开水烧鸡蛋）、酒酿炖蛋、桂圆茶，就是吃鸡子豆腐皮，连着好几天，差不多吃掉一箩筐的鸡蛋，人都给吃撑了。

用豆腐皮做菜也很常见，一碗青菜炒豆腐皮，青青白白。或者把豆腐皮放凉水中泡软，把猪肉香菇豆腐干剁碎，用豆腐皮像包春卷一样包好，做成豆腐皮肉圆。上蒸笼蒸熟后，再放油锅里炸熟，喷香！江南有一道名菜炸响铃，就是把豆腐皮卷成铃铛状，干炸，口感松脆，吃时窸窣有声，仿佛秋风吹动国清寺屋檐上的风铃发出的声音。

绿豆面碎

前段时间，买了几只番薯，想切成丁熬番薯粥，结果番薯没吃完，就出差了。一出门就是十天半个月，回来时，番薯已发了芽，索性把它放在青瓷盘里，当绿植养了。番薯看上去像个大老粗，有一种野性的生机，没几日，长出绿萝一样一片一片的绿叶，看上去不再粗里巴叽，而是有几分风流婉转。

番薯是个好东西，煮、烤、熬、晒，皆可炮制出美食。番薯是明朝时从国外传过来的，那时广东人叫老外为番鬼佬，外国为番邦，所以这种源自外国的红薯就被叫作番薯，有点像外资企业中的琳达、玛丽。植物中凡是有番字的，多半有洋血统，比如番茄、西番莲。番薯在中国的大地上生根，大江南北皆有其踪迹。外国人肯定想不到，一块番薯，在中国能被捣鼓出这么多好吃的东西，拔丝红薯、香蕉红薯饼、炒红薯泥、番薯粉条、豆沙红薯饼、红薯粥、蜜汁番薯、番薯庆糕、番薯圆……天寒地冻之时，火炉里新煨出的番薯，喷香热乎，跟文人的"绿蚁新醅酒，红泥小火炉"一样有意境。

过年时，乡下亲戚送来一纸箱的绿豆面。如果我的文章中来一句"绿豆面里有红薯的香"，别处的人一定以为是出错了，只有吾乡人民会发出会心的微笑——家乡的绿豆面，虽以绿豆为名，但与绿豆毫无关系，是用番薯做的，只是因为色如绿豆而得名。别处的豆面，除了用红薯做外，还有以马铃薯为原料的，后者做的粉条，或灰白色或黄褐色，形状有圆的、细的和宽的。家乡的绿豆面呀，永远是细细长长的，如三月里的柳枝。

亲戚家在山区，春天时，晒笋干，夏天时，晾豆角，入冬时，做豆面。江南的农村，田头地角，房前屋后，只要有点空地，就见缝插针地种上番薯秧。每年秋天，番薯成熟时，扛着锄头去刨番薯，诗人们见了，是可以咏一句"带月荷锄归"的。霜降后，江南的秋风带着些许的寒意，起得早，庄稼地里还有白霜。秋天的果实，无论是树上的，还是地里的，只要秋霜一打，糖分就更足。立冬以后，乡里人开始了忙碌，他们把收来的一筐筐番薯洗净，磨成粉，做成绿豆面。一条条的豆面挂在竹竿上，等待阳光收去水分。晒干的豆面可以保存很长时间，是乡人们一年到头都能吃的食物。可煮，可炒，放点冬笋、青菜、咸肉，味道是极好的。

豆面碎是绿豆面中的代表作，家乡人民以天马行空的想象力、饱满丰富的创造力，创造出一道道跟豆面有关的美食。说是绿豆面碎，其实并不是碎屑，而是因为绿豆面韧性好，久煮不断，只得将绿豆面折断成两三寸长再下锅，故名绿豆面碎。将绿豆面

烟火气

浸泡在水中，待其涨得略微灰白，放在骨头汤或者肉汤中煮，如果只是用清水煮，味道未免有点寡淡，所以豆面碎中通常少不了肉骨头。没有肉骨头汤打底的绿豆面碎，明显少了几分诚意。

豆面碎在汤中沸腾翻滚，放入虾皮、紫菜、鸡蛋丝、豆腐干丝、榨菜丝，客气些的，要放上小肉丸子、牛肉丝，一碗令人垂涎欲滴的绿豆面碎就热腾腾地出锅了。老道的人，吃绿豆面碎时，喜欢加点醋，那鲜香，那咸酸，那吃到嘴里的滑溜爽口，令人叫绝。

说到豆面碎及嵌糕，温岭人总是底气十足。温岭的绿豆面碎，豆面与配料配合得天衣无缝，面汤不是清汤寡水，而是混合着豆面的醇、炊皮的鲜、肉丸子的香和榨菜的微辣，碎碎的豆面，吸饱了汤水的精华，醇厚鲜美，润滑可口。对着豆面碎呼噜噜吸一口，真是一口入魂。临海紫阳街上的大人豆面碎，味道也很好。我在三门出差时，吃过一碗牛肉豆面碎，热气腾腾的豆面上，有细细的一层牛肉碎和碧绿可人的青葱段，面与汤同样鲜美可口。一碗绿豆面，配上煎饺、食饼筒或者馒头，是一顿丰盛的早餐。早上吃上一碗令人熨帖的绿豆面碎，一整天都有种懒洋洋的舒服。

豆面碎要好吃，豆面是关键。豆面绝对不能松软无力，那些劣质的绿豆面，泡涨的时间稍微一长，就变得松松软软的，像纵欲过度的男人的脸，虚泡泡，颜色发白。这种绿豆面卖相不好，吃进嘴里软不拉叽，糊糟糟的，一点也没吃头。好的豆面碎，青绿有力，滑溜又醇厚，精神气十足，任你泡多久，英雄本色不改。在家乡，最有滋有味的早餐或者夜宵，常常离不开一碗咸香可口的豆面碎。

朋友到外地出差，想念家乡的绿豆面，在餐馆的点菜柜前点菜：来一份黄鳝炒绿豆面！店小二说，我们这里没有绿豆面。剽悍的汉子手一指，喏，那不是吗？店小二说，那不是什么绿豆面，那是红薯粉条！

没错，是粉条，可是你们的红薯粉条就是我们的绿豆面！

牛血羹

牛血羹是天台的风味小吃，类似于南京人心心念念的鸭血汤。

话说小时候，一直吃的都是鸡血或鸭血汤，平素里鸡呀鸭呀很少吃到，但中秋时的芋头煨鸭、过年时的一只老母鸡是少不了的。宰杀鸡鸭前，通常要准备一只碗，倒入水，撒点盐，那时用的都是粗盐，盐化开后，开始宰鸡宰鸭，大人提溜着鸡鸭，用刀子在鸡、鸭脖子上一抹，倒提着它们的翅膀，让脖子冲着碗，那鸭血呀鸡血呀就流到碗里。

这大碗的鸡血和鸭血，没几分钟就会结成豆腐般的大血块，用刀切成丁，放锅里煮几分钟，撒点葱花、姜丝，鲜香扑鼻。除了鲜香柔滑的鸭血鸡血，在家里，鸡杂鸭杂也很受欢迎，鸡胗鸭胗切成片，炒冬腌菜和冬笋，嚼头十足。鸡鸭的小肚肠切段，炒大

蒜苗，弹牙爽口。鸡胗有爽脆而略硬的口感，我从小爱吃鸡零狗碎的东西，在我眼里，鸡杂鸭杂远比大块的鸡肉鸭肉要好吃。家里的一锅炖鸡炖鸭，我的筷子总是最先伸向鸡零鸭碎。

鸡血鸭血在南方很是常见，大人都相信，鸡血性热，鸭血性凉。有一年到南京出差，我特地去了夫子庙，吃了一碗鸭血粉丝汤。上海老城隍庙和苏州观前街，也有鸭血汤，可见，南方人是好这一口的。

十几年前去天台山看云锦杜鹃，正是立夏时节，山上繁花似锦，可以用"灿烂"二字形容，下得山来，在梨园菜场看到一家小吃店，门口一口大铁锅，"突突突"翻滚着红白相间的东西，呼呼地冒着热气，墙上贴着很大的三个字——牛血羹！走近一看，鲜红的是羊角干辣椒，暗红的是牛血片，白色的是萝卜片，玉色的是牛筋，一起荡漾在牛血羹的汤水中，仿佛映照出始丰溪两岸的桃红柳绿、赤城山的霞光一片。正饿得七荤八素，闻到香味，再也挡不住这种诱惑，赶紧叫了一碗。

在吾乡，小吃多在寻常巷陌中，那些老旧的、逼仄的、昏暗的、闹腾的、简陋的地方，藏着原生态的小吃，有无数让人想念的美食。对这些价格低廉、铺面窄小的饭馆，成都人有个形象的叫法，称为"苍蝇馆子"，委实贴切。在这些苍蝇馆子里，你总能寻到一两样让你心心念念的小吃，运气好的话，还能找回童年的味觉记忆。大酒店里也有小吃，味道也不差，看上去整洁有序。但寻常巷陌中的小吃自有其吸引力，它单刀直入，没有太多的繁文缛节，让人放松随意。

吾乡民风剽悍，牛血羹很符合吾乡吾土的性格，微辣鲜美，汤里的牛血片、牛肚片、牛肠、白萝卜片,让口感变得丰富,这些杂碎比单纯的牛血,更容易充实食客的胃,微辣的羹汤里有说不出的鲜味。跟边上的食客闲聊,他们说这家店做牛血汤有好些年头了,还说,最好的牛血汤一定要用小狗牛的牛骨熬成,有别样的鲜香。

小狗牛是天台的一种黄牛,大小如狗,故称小狗牛,它在山里自由自在地生长,体小灵活,爬山如履平地,敏捷如犬,当地县志记载,天台山多地少缺粮,耕地梯田重叠,小狗牛善爬山,便于放牧,故农户喜爱饲养。"天台三宝"中就有小狗牛的身影,另外二宝是拳鸡、猴猪。但猴猪、拳鸡长什么样,我至今未能得见。

小狗牛皮薄骨细,肉质细嫩,据说曾是皇家的御用品。二十世纪七十年代,美国总统尼克松访华,天台小狗牛被急送至西湖国宾馆,用于迎宾礼宴。对它的美味,当地人没有二话,只用一句话来形容——只要吃一口,就想带点走。

牛血羹中的牛血,未见得全是来自小狗牛,但牛血羹依然鲜香美味。这么多年来,牛血羹始终长盛不衰,天台人爱的就是这口鲜香热乎的滋味,它和热闹的人间烟火紧密地联系在一起。那些赶集的农民,卖完手头的瓜果蔬菜后,喜欢跑到小吃店里叫上一碗牛血羹。南方的冬天,总是阴冷阴冷的,跟北方的干冷不同,它的阴冷能冷到你的骨头缝里,在北风呼啸的时候,来一碗热气腾腾的牛血羹,锅里上下翻动的牛杂,给你增加了无穷的热量,帮你抵挡住来自四面八方的寒冷。

除了天台的牛血羹,黄岩亦有牛杂汤。中国传统的饮食理论中,素有以形补形、吃啥补啥的说法,用《本草纲目》里的话来说,就是以胃治胃、以心归心、以血导血、以骨入骨。古人认为,吃了鸡血鸭血牛血,能疏通血管、清除杂质,听上去,它们简直就是血管清道夫。能不能“以血导血”不好说,但一碗热气腾腾的鸭血鸡血牛血汤喝下去,浑身舒泰倒是真的。都说爱与美食不能辜负,天寒地冻的时候,如果没有爱,来一碗牛血羹也是好的。

天台人爱吃牛肉、牛杂、牛血羹,难怪他们拧得像一头牛,一身的牛脾气。天台人认准的事,就是九头牛也拉不回来。

十四日

千年府城的小吃界群雄争霸，有蛋清羊尾、麦油脂、麦虾、大米面、火烧饼、羊脚蹄、梅花糕、灰青糕等一二百种，各领风骚已数百年。在吃上，府城人民比不得丽水人民吃知了、衢州人民吃兔头、温州人民吃海蜈蚣的大胆，唯有一种叫“十四日”的小吃，才些微地流露出隐藏在温文尔雅下的那份狂放。

十四日的名字有点玄乎，实际上它是一种喜蛋。吾乡的喜蛋有二：一是结婚时的红鸡蛋，谓之喜蛋，结婚时一切都是带喜字的，喜酒、喜烟、喜糖、喜蛋；另一种喜蛋就是受了精的鸡蛋，江南一带的习俗中，常将“由卵而胎”称为“得喜”，十四日就是孵了十四天，小鸡还未出壳时的鸡蛋。鸡蛋孵到第二十一天，小鸡就要出壳了，孵不出小鸡仔的，通常被认为是坏蛋,旧有歇后语“二十一天孵不出鸡——坏蛋”,即由此而来。府城人民道行深,学问高,他们认为,鸡蛋孵化的第十四天,是由卵转变为胚胎的关键时刻,营养最好,味道最鲜,最是补人,故在十四天左右,人为地打断了它的孵化。在民间,十四日被当成食补珍品,如果有人质疑,有学问的府城人民会搬出李时珍的《本草纲目》,书里说,鸡胚蛋有治头痛、偏头痛、头疯病及四肢疯瘴的功能。

十四日的名字起得很有特色,是府城人民心照不宣的小秘密,在别的地方,它被叫成凤凰蛋、旺鸡蛋、鸡胚蛋、鸡仔胎、盘头鸡、活珠子、毛蛋。同样一种小吃,从十四日到凤凰蛋、毛蛋,依稀能看出各地的风土人情、文化厚薄。“十四日”是直白的,如同“九斤姑娘”;至于旺鸡蛋,透着股财迷的味道;而凤凰蛋,分明是指鹿为马,要知道,脱毛的凤凰甚至不如鸡。但是,凤凰蛋才是全国人民接受程度最高的一种称呼,虽然它被过分地美化了,就像菠菜被叫成红嘴绿鹦哥。

喜蛋有全喜、半喜之分。全喜是胚胎基本孵化成形的,形似一个肉团,小鸡的头、喙、翅已分明,捧着这样的喜蛋吃,看上去像是茹毛饮血的未开化的野人。如此重口味,一般人是不敢尝试的,但偏也有人好这一口,觉得有骨有肉,吃起来特别有味。而半喜是指孵到一半多时间,快要出现小鸡雏的鸡蛋。十四日就属于半喜,蛋壳中的小鸡胚胎不过拇指大小,小鸡的脑袋和翅膀只是一个形状,但鸡胚胎的鲜美鲜嫩,是任何鸡肉不能比的,那种肉质,有点类似于胖头鱼头上的蒜瓣肉,又有点像黄鱼的鱼膏。有些看上去还是一整个的蛋,蛋上隐约可见青红的血管,蛋黄极嫩,

嫩得如豆腐，放到嘴里就化了，苏州人文雅，称之为“石榴子”，外面的蛋白结成硬块，苏州人又称之为“砂盆底”。把鸡蛋大的那头敲破来吃，鲜嫩无比的胚胎肉和鲜香无比的汁水在你的口中有爆浆的感觉。清人谢墉道：“喜蛋中有已成小雏者味更美。近雏而在内者俗名石榴子，极嫩，即蛋黄也。在外者曰砂盆底，较实，即蛋白也。味皆绝胜。”可见，古人深谙喜蛋之妙。吃的时候，喜蛋里有时会冒出一汪子水，会吃的人，会赶紧将蛋中的汁水一饮而尽，觉得比琼浆玉液还要好吃，不会吃的人，把汁水倒了个一干二净。

在家乡，早先的喜蛋，是孵雏鸡产生的残次品。乡间有孵坊，一到春分，乡人会挑着装满小鸡的担子走街串巷，刚孵出的小鸡娃，一身松花黄，分外可爱，叽叽喳喳叫着，而喜蛋便是小鸡孵化时不成功便成仁的蛋，那时食物匮乏，不舍得把蛋扔了，就像烧茶叶蛋一样烧成凤凰蛋来吃。而现在，是把种蛋孵到第十四天，等不到小鸡出壳，就拿来食用。

以前，府城的街头巷尾、犄角旮旯，时常可以见到卖十四日的担子：“卖十四日啊！十四日！”在当地方言中，“十四日”是念成“十四拧”的。

吾乡的十四日通常是鸡蛋，但有时也有鹅蛋。生蛋放在脸盆大小的锅里，架在煤饼炉子上，加入大茴香、桂皮、生姜，用冷水小火慢慢煮开，香气四处飘散。嗜吃十四日的人，听到叫卖声，闻到香味，就会过来。那些穿着校服的中学生，看到有十四日，都会叽叽喳喳地围上来。青春期的男孩子胃口大，有时一口气吃上十个八个，落下一地的蛋壳。古城里的美女，也喜欢吃十四日，她们平素是矜持的，十分注意自己的形象，此时却围在炉子边，当街吃得哧溜有声。还有些人，简直就是忠实的喜蛋迷，当街吃上七八个，还会打包回去二三十个。

南京的夫子庙也有卖十四日的，不过，南京人管这叫活珠子，因其发育中的胚胎如活动的珍珠，故称。南京毕竟是六朝古都、金粉之地，起个名也透着书卷气。我觉得南京的夫子庙真好，小吃真是多，什么鸭油酥烧饼、什锦菜包、蟹壳黄烧饼、豆腐涝、葱油饼、五香蛋、五香豆、鸭血汤、鸭肠子……数都数不过来。南京跟浙东隔了好些山水，不过，因为活珠子，让我觉得这座城市挺接地气的。

南京有很多的梦，如《红楼梦》《金陵春梦》。《红楼梦》里的饮食，精细到让人惊叹，相比之下，《金瓶梅》就狂浪得多，宋惠莲用一根柴火，一大碗油酱并茴香大料，把个猪头炖得稀烂，潘金莲、孟玉楼、李瓶儿这些千娇百媚的美人，兴致勃勃大吃猪头肉，吃得满嘴油腻。如果这一幕移植到《红楼梦》里，你无法想象贾府里那些吟花葬花的大家闺秀，会放下身段，对着猪头肉下箸。别说猪头肉，就算活珠子，她们也不会动一根指头的。

离开临海好多年了，今年，几次去临海，都没有碰到卖十四日的。我很怀念临海的十四日，也怀念那悠长的叫卖声——“卖十四日啊！ 十四日！”它让我想起临海望江门外的潮水、古长城脚下的梅花树、巾子山上的塔，想起在千年府城度过的青葱岁月。

蛎灰蛋

家乡依山傍海，有漫长的海岸线，广阔的大海给我们送来了黄鱼、带鱼、墨鱼、青蟹等各种各样的海产品。说起家乡的海鲜，岂是一个“鲜”字了得，不但鱼虾蟹鲜美，各种贝壳也是鲜得不得了。家乡的贝壳很多，泥螺、蛤蜊、钉头螺、螺蛳、辣螺、芝麻螺、香螺、血蚶、佛手螺、海瓜子、蛏子、香螺、扇贝、海蚌、贻贝、文蛤……这些披着一身铠甲，而内心柔软无比的鲜物，我在《无鲜勿落饭》里为它们立过传。而蛎灰，就是用蛤蜊、花蛤等的壳，在高温下煅烧而成的。旧时，家乡有专门的车壳船，从浅海中打捞上蛎壳，放在土灶里烧，烧好后，用稻臼舂或木人夯，研磨成粉末。等到用时，加水搅拌，让它变得黏稠有韧性。蛎灰也叫贝壳粉，千百年来，人们造房子、刷墙壁、做灰雕，都少不了它。直到水泥和石

灰出现,它才从主角转为配角。

家乡有歇后语“蝌灰坛个泥鳅——逃不脱”,泥鳅落入蝌灰坛里,想尽办法逃脱,无奈蝌灰有黏性,身上沾满蝌灰的泥鳅怎么逃也逃不出来,比喻一个人走到穷途末路无法逃生。旧时,蝌灰用处大,可以当墙壁的涂料,也可以做成各种花样的灰雕,用蝌灰加糯米造的古塔、城墙,更是坚固无比。在渔乡,船底漏水后,渔人会用桐油和蝌灰修补。不过蝌灰粒子粗,不如桐油拌石灰更经得起海水的侵蚀和风浪的袭击。

我少年时还在田头看到过烧蝌灰,烧蝌灰的师傅满面尘灰,像戏剧舞台上的粉脸,给我留下很深的印象。家乡有一句俚语,说一个女人喜欢打扮,常常顾头不顾尾,就说她“头前蝌灰壁,后头漆重漆”,指前头打扮得十分光鲜,像是用蝌灰抹过的墙壁一样白净,后头却像反复上漆的家具,不均匀,有种邋遢相。还有“蝌灰袋——一歇一印”,歇是“放”的意思,装蝌灰的麻袋,在地上一放,就留有印记,意思是所做的事情,留下明显的痕迹。“蝌灰方糕——好望勿好吃”,意思是用蝌灰做成的方糕,外表洁白,但没法吃,意思是一个人或一样东西中看不中用。

前些日子去看路桥的五凤楼,当地领导陪同,一路细细讲解。五凤楼建于晚清,是独具风格的民居建筑群,有很大的四合院,多幢建筑合围在一起,虽然看上去有点破败,但仍然看得出曾经的辉煌,想来主人在当时是个呼风唤雨的厉害角色。五凤楼有各种花式木窗,屋脊上饰有凤头灰雕,屋檐翘角上那高高昂起的凤头,既能避雷,还有辟邪镇宅、永葆平安的寓意。而做灰雕的材料就是蝌灰。旧时江南民居的墙头、屋脊、檐角、照壁、门楼、门窗上,常见灰雕。江南人家的灶头上,也有鱼形的灰雕图案,象征着年年有余。那些有闲钱闲心的殷实人家,还把贝壳磨成方块,嵌进井字形的窗棂中,称之为蛎壳窗,能像玻璃般挡风挡雨,更妙的是,蛎壳窗还有滤镜的功能,能让光线变得柔和。

二姑姐压箱底的宝贝里,有一床用蓝印花布做的被子,摸上去硬硬的、粗粗的,跟我平时看到的蓝印花布有明显的不同,她说这是夹板花被,是当年她出嫁时的陪嫁物,花纹中还有白粉在,我用手一掸,掸不掉,以为是石灰粉,二姑姐说是蛎灰。花布是乡村手织的厚粗布,用两块刻有花纹且互相吻合的花版夹住粗布,刷上蛎灰花纹,用靛青(用中药板蓝根的植株所制)染色,晾干后刮去蛎灰,就成为印有花鸟虫兽图案的蓝底白花的花布。二姑姐说这种布太粗,盖着并不舒服,有时脸上身上还会染上淡淡的青色。

蛎灰用于食物上,是很多人想不到的。过去,渔人出海,会在米饭里掺些蛎灰,这样米饭就不容易腐败,蛎灰在这个时候变身为纯天然的防腐剂和保鲜剂。旧时家乡还有蛎灰糕,做法跟灰青糕的做法大致相同,灰青糕通常加入稻草秸、小麦秆烧成的草木灰,而蛎灰糕是蛎灰加水搅拌后,取其清水与大米粉混合做成的糕点。用草木灰做的米粉糕,各地都有,山乡尤为常见,而用蛎灰做糕点,只有海边才有。有一种食物叫魔芋,它之所以有魔性,就是因为里面添加了贝壳粉(蛎灰)。在很多高级餐厅中,贝壳粉(蛎灰)是面碱的替代品,在不经意间,我们都是吃过蛎灰的。蛎灰最主要的成分是碳酸钙,而珍珠的主要成分也是碳酸钙,从某种意义上说,吃蛎灰与服用珍珠粉并没有什么两样。

草木灰与蛎灰都是碱性的,旧时乡间常用草木灰洗衣,《礼记》中就记载:“冠带垢,和灰清漱。”意思是系帽子的带子脏了,就和着草木灰洗。小时候,我去乡下姑姑家玩,还用草木灰洗过手。跟草木灰一样,蜊灰也可以用来洗涤。日本有天然贝壳除菌粉,很受主妇欢迎,主要的成分就是蜊灰,常用于果蔬的杀菌。

家乡有种蜊灰蛋。蜊灰蛋不是腌出来的,而是在蜊灰中煨出来的,就像煨番薯一样。把鸡蛋、鸭蛋或鹅蛋埋入生蜊灰中,然后向生蜊灰倒水,生蜊灰遇水起化学反应,产生的热量能将鸡蛋焐熟,焐熟后的蜊灰蛋,有一种特别的香气。

蜊灰蛋在旧时常见。父亲说,过去家里造房子时,院里有一堆蜊灰,蜊灰加水后,会变热。家里孩子如果热气重,老人会放几个鸡蛋进去,说是蜊灰焐熟的鸡蛋可以“吃凉”。家乡话中,“吃凉”是清凉解毒的意思,比如夏天吃金银花露、吃绿豆汤,都叫“吃凉”。过去温岭老车站一带,常见蜊灰蛋卖,买了蜊灰蛋,还送一小包椒盐给你调味。

在蜊灰里焐熟的鸡蛋,跟平时的煮鸡蛋并无两样,只是蛋黄更嫩,还带点蜊灰的气息。在江湖上,它是自成一派的独孤求败。我在方城小学读书时,放学回家,看到过有人在路边烧蜊灰煨蜊灰蛋,巷子里还有人叫卖蜊灰蛋。到我儿子这一代,他既不知道什么叫蜊灰,更没吃过蜊灰蛋。

想那东阳的童子尿煮鸡蛋都是非物质文化遗产了,家乡的蜊灰蛋,也是可以申一下遗的。

盘中餐

夹糕

温岭人的命,是夹糕给的。

温岭人的一天,从一筒喷香热乎的夹糕开始。评判一个人是不是正宗的温岭人,用一筒夹糕来考量就足够了。夹糕的量词,用的是筒,而不是条、根。当地方言中,夹糕要念成“giē糕”,跟“摔跤”的方言一样。至于该写成夹糕还是嵌糕,的确颇费一番思量,我请教了诸位高人、学者,包括训诂学的教授之后,终于得出结论,应该用“夹”字,而不是“嵌”字,因为“嵌”字,是把较小的东西卡进较大东西的凹处,而夹糕是用软糯粘牙的热年糕,夹住(包裹住)各色美味馅料,就像肉夹馍,并没有把馅料镶嵌到皮里。

温岭人富有创新精神,他们能把一座废弃的采石场点化成国家4A级景区,能把一段普通的年糕

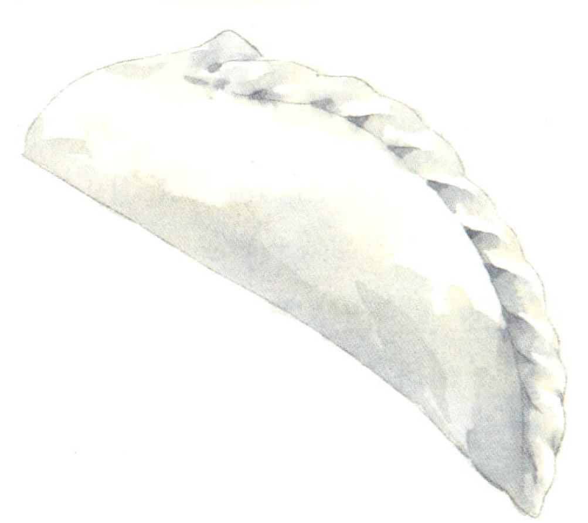

变身为丰腴柔软、美味可口的夹糕。夹糕脱胎于年糕，但跟寻常年糕的吃法完全不同。在江南的农村，每到旧历新年，家家户户要捣年糕。捣年糕，是力气活，把糯米与早米按一定比例搭配，放在捣臼里用人力捣，很是费劲。后来，有了“机器糕”——用机器捣的年糕，就省心多了。

温岭人爱吃的夹糕，是用在石臼里捣成的热气腾腾的鲜糕段做的，鲜糕段要裹在棉被中保温。有主顾买时，卖糕人就从棉褥下的糕团中，抓出一团热气腾腾、软软乎乎的糕段，放在桌板上，一揉一摊，只消片刻，乌篷船外形的糕皮就揉好了。

馅料是夹糕的灵魂，通常有炒米面、油条、胡萝卜丝、绿豆芽、猪肉块、土豆丝、芹菜、辣包菜、洋葱等，想吃什么夹什么，真正的民主自由。绿豆芽的爽脆与胡萝卜的甜糯是不可少的，肥瘦得当的五花肉块，用来提升夹糕的鲜香。如果有某位小姐娇滴滴地说，我不要肉块，那必定招致本地人鄙夷的眼光，认为她不懂夹糕的真谛。

肉块提高了夹糕的档次，也提高了夹糕的价格，所以加不加猪肉由主顾自个儿定，喜欢吃肉的，必定少不了肥瘦相间的五花肉，摊主从盆里搛出一块猪肉块，称了分量，乱刀之下，砍成小肉块。有个性的人通常不按常理出牌，他们将油条或泡虾切碎，裹入其中。还有更奢侈的，要加虾肉和猪大肠，这已经是夹糕中的“战斗机”了。

馅料摊好后，把饼状的年糕皮对折，像包饺子似的用手粘成筒状。最后加入的一勺肉汤，让夹糕的灵与肉得到升华，糕团中丰富的馅料得到了肉汤的浸润，一口下去，年糕的韧劲、油条的松脆、猪肉的鲜香、馅料的美味，尽在糕中。北方人把夹糕称为江南大饺子，正如他们把麦虾称为江南刀削面。

卖夹糕的，通常有一张长桌，七七八八的盆子里，摆的是各种烧熟的馅料，煤炉里永远煮着香喷喷的肉块。早年，卖夹糕的摊主，拿出糕团包馅料，从来不用筷子，都是以“五爪金龙”代替筷子。他们说，筷子哪有手灵活呢？根据主顾的需求，流星赶月般地，从盆里东抓一撮西抓一撮，把各种作料分摊到糕饼皮上，也没有“卫生不卫生”之类的讲究，粗犷，随意，符合温岭人的做派。现在，卖糕人都戴一次性手套，文明作业了。

典型的温岭式早餐，就是一份夹糕，外加绿豆面碎或者豆腐脑，要么就是豆腐干骨头汤。夹糕是温岭人的乡愁，在外的温岭人时不时以哀怨的腔调念叨着夹糕，倾诉着对夹糕那份无以言表的爱。除了初恋，恐怕只有夹糕让他们念念不忘。我的一位朋友，在外混得风生水起，混成了社会名流，每次回家乡省亲，总有各路人马争先恐后要给他接风。他不爱在星级酒店吃千篇一律的自助早餐，喜欢到尚书坊、贪吃街的石板屋、文化桥、老车站、五角场这些地方的糕摊吃夹糕。他觉得这样才能重新接回家乡的地气。他说，在外工作那么多年，只有吃到夹糕，才有回家的感觉。每次他回家，知根知底的朋友，总是用夹糕、泡虾外加烂脚咸菜、苋菜梗、鱼生之类的臭东西，满足他那如黄河之水般滚滚而来的乡愁。

多年前，曾经采访过一位旅居海外的老华侨。这位侨界领袖跟我说起小时候吃过的猪肉夹年糕，一往情深。小时候吃过的猪肉夹年糕，对他而言，是至高无上的美味。算起来，他离开家乡已经一个甲子。每次回到家乡，他要做的第一件事，就是在街头的小吃店，买一份夹糕，美美地吃上一顿。这夹糕里，包含着多少游子思乡的滋味啊！

作家古清生说得极是："在童年喜欢上的口味，再难以改变，那种味道的记忆，很难从心灵中被格式化掉。所以，味觉是故乡给出门人装置的终生的味道识别系统，带着这个识别系统，人们在饭桌上就很容易地分别出是故乡还是异乡。"所以，无论行过多少路，看过多少云，走过多少桥，爱过多少女人，赚过多少大钱，尝过多少美味，每一个温岭人的味蕾里，都隐藏着对夹糕的执念。

粢饭团与粢饭糕

南方温软的大地，长出绿色的稻禾，稻子成熟后脱了壳，便有了雪白丰腴的糯米，千百年来，糯米都是南方人心中的白月光。南方人把糯米做成百种花样，使得糯米食有了与面食分庭抗礼的实力。在江南，粢饭团、八宝饭、甜酒酿、碱水粽，是糯米的本色担当，而糯米粉身碎骨后化身的汤圆、炊圆、红糖麻糍、桂花年糕、夹糕，收敛了所有的锋芒，只剩下细腻温存。糯米酿造的米酒，在温和之外有着奔放但不失柔和的本色，它没有北方的豪侠剑气，而有南方的隐忍浑厚。雪白素朴的糯米，温婉可亲，它滋养的南方人亦是温文尔雅、秀外慧中。江南人家，一生都与糯米相伴，在南方，哪怕是夏日里的一片莲藕，小小的圆孔里也要费劲地塞进糯米，做成香甜的蜜汁莲藕。荷叶里包裹着的糯米鸡，有荷叶的清香、糯米的谷香、鸡肉的荤香、香菇的鲜香，是南方风物的代表。到了秋天，饱满的糯米搭配金桂、栀子，做成金黄的桂花糕，有着秋天的绝代风华。冬至时江南的一杯冬酿酒，让人在大雪纷飞的时候，也有无限的暖意。在江南，糯米以各种形式，全身心地滋养着我们。

江南的早点中，糯米是唱主角的，大饼、油条、粢饭、豆浆，被沪杭人家称为江南早点的"四大金刚"，显示了糯米不可撼动的江湖地位。我向来认为，最能直接体现一个地方风土人情的，就是当地的小吃，如果说主食是散文诗，那小吃就是打油诗，透着随意、家常、亲切的味儿。

天刚蒙蒙亮，各种早点摊就出摊了，卖烧饼的，卖包子的，卖夹糕的，卖豆面碎的，卖粢饭的，开始了清晨最忙碌的一段时光。我素来"不羡轻肥"，打小不爱吃油腻的东西，哪怕一丁点的肥肉，都要剔除干净才入口，没有油腥的粢饭团成了我的最爱。粢饭摊前，大木桶里冒着袅袅的热气，里面是蒸熟的糯米饭，当地人称为粢饭或炊饭，炊就是隔水蒸的意思。做粢饭的糯米要用当年的新米，这样蒸出来的粢饭粒粒分明、白白胖胖，有稻谷特有的清香味道，如果是陈米，就少了稻香。

汉子用木勺挖出一团糯米饭，放在纱布上摊平，问对面的主顾，要甜的还是咸的？主顾只消说出一个字，甜或咸，汉子就心领神会。要甜的，粢饭里撒上绵白糖，要咸的，放上榨菜末与肉松，无论咸与甜，一根金黄油亮的油条是少不了的。江南的早点中，油条与大饼是经典的组合，与粢饭团一起，则是神仙眷侣，粢饭团里若少了油条，好比佳人没有英雄相伴，是相当无趣的。所以，一

溜的小吃摊前,卖粢饭团的,总是挨着油条摊,彼此成就了对方的生意。

金黄松脆的油条,折成对半放在饭团中,用双手把纱布合拢,把饭团捏紧,只需几秒,白嫩饱满的粢饭油条就完工了。吃一口,香糯的粢饭,绵密的白糖,酥脆的油条,那种外酥里糯、甜中带咸、兼有嚼劲与软糯的口感,让人百吃不厌。

小时候,粢饭团不是经常吃得到的,所以记忆中的粢饭团更加美味。母亲是杭州人,素爱干净,有轻微的洁癖,总觉得小吃摊不卫生,不允许我们出去吃早点,家中的早餐,都是按杭州人的习惯,隔夜饭加热水,烧成泡饭,过过皮蛋、咸鸭蛋或豆腐乳等小菜,油条也是有的,从教工食堂里买来,一人一根分到手,蘸着酱油,一小口油条过一大口泡饭。从小家教甚严,泡饭是不许剩下的,因为浪费是可耻的。也有改善伙食的时候,通常是在星期天,母亲会做一些香喷喷的葱油饼和霉干菜饼,那简直像过节一样快乐。偶尔地,大人也会恩准我到早点摊上买粢饭团吃。每次粢饭油条拿到手,等不到回家,走到半路,就狼吞虎咽地吃完了,吃完总是意犹未尽,唇边挂着的一粒白糖和一粒饭,都舍不得掸掉,用舌尖小心地舔进嘴里。

除了粢饭团,街上还有粢饭糕。粢饭糕并不是寻常的那种糕点,跟年糕也无干系,是把粢饭倒入一个大木框里,压紧抹平。粢饭冷后,变得硬实,饭粒与饭粒粘在一起,用刀切成扑克牌大小的一块块,放进油锅里炸至金黄焦脆。粢饭糕外头是锅巴一样酥脆的外壳,里头是软糯的米粒,它很耐饥。出锅的粢饭糕要趁热吃,冷了味道就差远了。

家乡还有一种肉末粢饭，也叫浇头炊饭。在热气腾腾的糯米饭上，浇上一勺肉末汤汁，糯米黏糯，肉香浓厚，肉汤与饭粒完美地融合在一起，上面还有一层热乎乎的肉末。我怕油腻，不常吃，偶尔品尝一下。

粢饭团是我少年时的记忆，不管到哪里，只要闻到粢饭团的香味，儿时的记忆就会苏醒，离家千里万里，只要吃到一份粢饭油条，不管离家有多远，都感觉自己回到了老家。

猪肉饭

美食是故乡给每个人打下的味觉标记，那种独特的色、香、味，跟乡音一样，长存在每个人的记忆中。一个游子无论离乡有多远、有多久，只要舌尖品咂到故里小吃熟悉的味道，他就在精神上回到了故乡。

说到温岭的美食，人们总会想到夹糕、猪肉饭、山粉夹、硬糕，而夹糕与猪肉饭，的确称得上是当地小吃界的扛鼎之作。不需要别的佳肴，只要一筒夹糕或者一碗猪肉饭，就让人齿颊留香。

饭中有肉味，肉中有饭香，是一碗猪肉饭的底线。当你揭开热气腾腾的锅盖，仿佛春宵之夜掀开新娘的红盖头，让人充满欲罢不能的惊喜。猪肉饭里散发着猪肉与板栗混合着的香味，肉与饭全身心地融合在一起，你中有我，我中有你，浑然一体。金

色的板栗为一碗猪肉饭增添了亮堂的色彩，油汁把雪白的米饭染成淡淡的酱油色，一碗饭看上去油亮软糯，吃上去，却没有丝毫的油腻感，猪肉嫩而不烂，板栗香而有味，米饭软硬得当，一时间，满足感爆棚。当天气渐渐转凉，一碗热气腾腾、香气四溢的猪肉饭，是对一个人肠胃的最好慰藉。一碗销魂的猪肉饭吃下去，瞬间会增添无穷的动力。

猪肉饭在温岭的地位，相当于煲仔饭在广东的地位。跟广东煲仔饭不同的是，煲仔饭是把米饭煲至七成熟时，将各种配料铺在饭面上，然后盖上盖子，将饭与配料烧熟。广式煲仔饭的风味跟他们的茶点一样丰富，有二十余种，什么腊肉、香肠、烧鸭、白切鸡、冬菇滑鸡、豆豉排骨、猪肝，都可以充当煲仔饭的配料，广东人把美女称为靓妹，把帅哥称为靓仔，他们把砂锅称为煲仔，所以这种饭配菜的烧法，就称为煲仔饭，一个“仔”字，让一道美食多了温暖的人情味。一锅好吃的煲仔饭有两个先决条件，一是跟煲上桌的调味汁，还有就是饭底下金黄的锅巴要脆而不焦。

猪肉饭是把猪肉爆炒之后，加入老酒、酱油、盐、白糖、蒜等配料，待猪肉烧至七成熟时，放入浸泡过的米和金黄的板栗，再倒上水，搅拌均匀后，经过猛火烧、关火焖、小火烹一系列环节，这时候，猪肉流出的油汁，已经润物细无声地滋润着一颗颗雪白的米粒，将米饭染成了微褐的颜色。猪肉饭的关键在于猪肉，要选五花肉，切成小块，用酱油和老酒先腌制十多分钟。一碗猪肉饭，看似平淡无奇，在物资匮乏的年代，是无数人的念想，那个年头，很多家庭，只有在逢年过节时，才能凭票买到猪肉，吃到猪肉饭，相当于享用了一顿丰盛的大餐。

花园山庄边上，去年开了一家小饭店，只有一间店面，卖的是猪肉饭。饭店边上是绿道，绿道旁种满了夹竹桃和木芙蓉。夏天的时候，夹竹桃开红色和白色的花。夹竹桃的花期很长，可以开上三个月，等到夹竹桃谢了，秋天红红白白的木芙蓉就上场了，天气也凉下来了，在绿道上散步、跑步的人也就多起来了。从绿道出来的人，有时就顺道拐进这家店，叫上一碗香喷喷的猪肉饭吃下去，打着饱嗝心满意足地出来。

小饭店里除了猪肉板栗饭，还有猪肉芋头饭、土豆猪肉饭和猪肉香肠饭。“小雪腌菜，大雪腌肉”，在江南，到了小雪大雪时节，是腌菜的好时节，主妇们要做香肠，还要做酱鸡、酱鸭、酱肉，为越来越近的年做准备，好的香肠一定是用土猪肉腌制的，香肠串好后，脑满肠肥的样子，放在阳光下风干。用土猪肉香肠做的猪肉香肠饭，味道好吃到可以跟广东的腊味煲仔饭一决高下。

猪肉芋头饭是另一种风味，胜在芋头的软糯和猪肉的鲜香，这种饭有用糯米烧的，也有用粳米烧的，糯米软糯，更能吸收猪肉的油汁，烧好的糯米饭，粒粒饱满，油光发亮，又香又糯。有人觉得糯米不好消化，吃多了会顶胃，又嫌它太会吸油，就在糯米里掺入了大米，或者索性全部选用粳米，这样烧出来的猪肉饭，在香糯上，要稍微打个折扣。

家乡还有种极其美味的炒饭，叫炒炊饭。把鳗鱼干、虾干、腊肉或猪肉、炊皮、笋丁、香干、香菇、胡萝卜丁等加入油中翻炒后，加上蒸过的糯米，倒少许料酒，齐炒十多分钟，热气腾腾，软糯可口。这种饭，虽然饭里有猪肉，但猪肉只是配角，所以当地人不叫它猪肉饭，而叫炒炊饭。炒炊饭的饭粒比猪肉饭要紧致，香味也更足一些。

临海的糯米咸饭也很好吃。糯米咸饭的馅料很丰富,有咸肉丁、芋头丁、香菇丁、豌豆、白萝卜丁、胡萝卜丁,这些配料一律切成丁,放在糯米里一同煮熟,也有放在热锅里炒熟的,一碗饭五颜六色,色香味俱全。临海还有萝卜芋头饭,芋头块与萝卜丝是主角,几丝腊肉是可以忽略不计的配角,炒至半熟后,再与大米同烧。

有人觉得咸饭顶好吃,有人觉得猪肉饭天下无双,这不是"美食沙文主义",而是味觉在作怪。说穿了,吃饭跟恋爱一样,青梅竹马的恋人最让人难忘,同样,你童年时常吃的美食,在记忆中一定是最美好的。

家乡有一句话,叫"下定决心,饭荡半斤"。家乡的"荡"字,可以用在喝酒和吃饭上,如荡饭、荡酒。当热气腾腾、鲜香扑鼻的猪肉饭、炒炊饭、咸饭上桌时,"饭荡半斤"真不是什么问题。

扁食

饺子、馄饨、锅贴、生煎包……这些面食，在江南的餐桌上，寻常可见。若论面食的丰富性，南方并不亚于北方，同样的面粉，在不同的地方，有不同的形态，正如北地胭脂与南国佳丽的不同。

面食在金戈铁马的北方，有大江东去的豪放，而在杏花春雨的南方，变成了小桥流水的温婉。同样是面条，在北方，一碗面条放在大大的海碗里，抓几只红辣椒，撒大把绿芫荽，加一勺浓酱，咬几瓣大蒜，大红大绿，大开大合，大口吃面，大碗喝汤，是北地才有的粗犷，而在江南，青花瓷碗里的龙须面，如春风拂过的柳丝，根根细如银丝，甚至能够穿过针眼。同样是馒头，在北方，大白馒头夹几根大葱，大汉蹲在墙根下、日头底下，吃出一身汗；在南方，花式的小馒头做成雪白可爱的小兔子，美女用兰花指捏起一只，再来一碗梅花粥，是一只馒头的花样年华。除了面条和馒头，饺子和馄饨到了南方，亦变得秀气精致，有鲜香扑鼻的水晶虾饺，有近似透明的鱼皮馄饨。

江南的面食界，除了饺子和馄饨，还有一种小吃叫扁食。《金瓶梅》第六十七回道："那日玉皇庙、永福寺、报恩寺都送疏来，西门庆看着迎春摆设羹饭完毕，下出匾食来，点上香烛，使绣春请了吴月娘众人来。"文中的"匾食"，就是扁食。在《金瓶梅》中，扁食只是饺子的另一种叫法。饺子之名，据说来源于宋朝的纸币"交子"，另有一说是除夕子时吃的面食，取更岁交子之意，故称"交子"，后逐渐写成饺子。

饺子传入蒙古族，这个马背上的民族把饺子说成"匾食"，于是饺子成了"扁食"。元代宫廷食谱《饮膳正要》中，就有"扁食"一词。天台的扁食虽然是从饺子脱胎而来，但它到底沾了佛宗道源的仙气，博采了饺子和馄饨所长。若论馅料，天台扁食的馅料远比饺子丰富，有花生、茭白、豆腐、炊皮、萝卜、荸荠、笋干、猪肉之类，七七八八，全都切成丁，预先炒熟。若论面皮，扁食皮比饺子皮薄，吃起来也比饺子皮滑溜，不过比起馄饨皮又略厚，馄饨皮是方方正正的，而扁食皮略呈梯形。包馄饨时，用一根小木条蘸着肉馅，皮儿一紧，手一捏就扔进筐里，而包扁食要用两只手，包好的扁食造型独特，如一只只银元宝。吃的时候，往汤中加点陈醋，再撒上翠绿的葱花，煞是清鲜。

别的地方也有扁食，比如河南，比如福建，但河南的扁食无非是素馅的饺子，外形跟饺子一模一样。闽南也有扁食，与其说是扁食，不如说是肉馄饨。闽南的扁食皮薄馅多，里面的肉馅是通

过敲打做出来的，吃起来鲜香有韧劲，这是它的可取之处，不过，它的骨子里，还是混混沌沌的馄饨。

在北方，没有饺子的冬天似乎少了年味，而在南方，饺子也成了合家欢的象征。大江南北都吃饺子，而古里古气的扁食二字，倒甚少听到，但在临海、天台，扁食是大众化的点心，亮相的次数，并不少于饺子和馄饨，小吃店里常见蒸扁食和汤扁食。在这两地，饺子是饺子，馄饨是馄饨，扁食是扁食，分得清清爽爽，没人会搞混。

天台有神山秀水，上海人很喜欢到天台看山看水看云，上海人把天台扁食视为台州式的杂蔬大馄饨，到街上的小吃店里，指着扁食道，阿拉要大馄饨！天台人纠正道，这是扁食！

在天台人的眼中，扁食就是扁食，馄饨就是馄饨，万万不可混淆，这是个原则问题。天台人个性执拗，不容易被同化，认准的事情就要一条巷子走到黑。在江南，有“上灯圆子落灯面”的说法，上灯时，要吃糯米圆子，寓意事事圆满，落灯时，要吃面条，象征诸事顺畅。落灯是过年期间的最后一个节目，到了正月十八，要把挂着的灯和过年前挂上去祭祀用的祖宗神像取下来，是谓落灯。而在天台，“正月十三挂灯，正月十八落灯”，不管上灯落灯，都要来一碗扁食，至于别的节假日，也常常是扁食当道。天台人高兴了，来一碗扁食，生气了，吃一碗扁食消气，家里来贵客了，厨房里叮叮咚咚一阵响，端上来的，是一碗圆鼓鼓的扁食，每一个都像大元宝，“接客门风”（天台话，待客之道）忒好。

冬天里，冷风吹得人缩头缩脑，游子千里归家，“咯吱”一声推开家门，温暖的灯光下，老母亲端上一碗烧好的扁食，里面搁着几粒猪油渣，扁食的香味四下飘散。天台人的家国情怀，就在这一碗扁食中。

糊拉汰

我不知道天台话里藏着多少玄机。

天台这地方，古风犹存，天台人的自称，不说我，不说俺，而是称“卬”。《诗经》里就有“招招舟子，人涉卬否”，大意是：船夫摇手相招示意上船，我不急着上船，留在岸上顾盼，看看我的心上人有没有随船而来。天台人自称为“卬”，并非土气，实在是大雅。天台人把锅称为镬，在镬中烧出八大碗、十六会签之类的美食，而在《吕氏春秋》中，就有“一镬之味”。一大早，天台人要看天气，所以早晨就成了“窥星”。天台人晨观天象，紫气东来，牛斗冲天狼，紫微星泛红，胃星入中宫，掐指一算，便知今日要吃糊拉汰。

糊拉汰的叫法，实在奇葩，细究起来，其实饱含了天台人的大智慧。我第一次听到这个名字时，以为是糊老太。后来才知道,所谓糊拉汰,就是天台式煎饼粿子。

糊拉汰,应该叫成糊拉拖,它有糊、拉、拖三道主要工序,只因为在天台方言中,“拖”字是念成“汰”的,故写成糊拉汰。糊拉汰,糊拉汰,糊是主旋律,是薄饼的灵魂。用冷水把面粉调成糊状,面粉的稠度很有讲究,不能太厚,不能太薄,要恰到好处,看上去有水在晃动,但不是在流动。

接下来,就是拉与拖。在鏊盘上涂一层油,舀一大勺面糊,铺在鏊盘上,转圈挂匀,摊成均匀的圆形薄饼皮,有的时候,薄饼皮子会有漏洞,赶紧捞一些面糊进去,查漏补缺,补住缺口。

在很多地方,摊饼皮一般用“竹蜻蜓”当工具。竹蜻蜓是我们童年的玩具,用两片竹片和一根棍子做成,状如蜻蜓,玩时将棍子放在两手中间,前后搓动双手给竹蜻蜓蓄力,放手时,竹蜻蜓就能飞向天空。不知何时起,竹蜻蜓被改良成了摊饼神器。如果没有竹蜻蜓,随手从厨房里捡一根细长的胡萝卜,中间插上筷子,做成T字形,当成替代工具,也是可以将就的。但天台的巧妇觉得自己的一双手,比竹蜻蜓更为灵巧,无论摊糊拉汰的面皮还是摊食饼筒皮,都是直接用手。她们认为手与面粉直接接触,更有感觉,她们右手撮一把面糊到鏊盘里,在滚烫的鏊盘里,用手把面糊均匀推开,一推一摊之间,一张饼皮就糊好了,这是天台女子的独门绝技。面对如此“慧”(当地方言,意为能干)的天台媳妇,我只能送上一个大写的“服”字。

过去天台有风俗,新媳妇进门,第一次下厨,会让她做糊拉汰或麦饼考验她的厨艺。所以天台媳妇,个个都会几样拿手的面点。

我二姑姐做糊拉汰，如流星赶月，家里常能吃到糊拉汰。有时我出远门回来，在半路上，二姑姐就打来电话问，回家想吃手擀面还是糊拉汰？

把一堆面粉变成一张香喷喷的糊拉汰，对二姑姐而言，也就是一二十分钟的事。她做糊拉汰，馅料用的是蒲瓜丝、南瓜丝、土豆丝，或者是豆腐碎。饼皮摊好后，上面或放豆腐加蒲瓜丝，或者是南瓜丝、萝卜丝，再撒点小葱、虾皮。蒲瓜丝做的糊拉汰有清气，南瓜丝做的糊拉汰带着几丝甜味，豆腐做的糊拉汰又软又香，我都爱吃。有时她也会做鸡蛋糊拉汰，敲一个鸡蛋到面皮上，快速摊开划散，趁鸡蛋七八分熟，撒入香葱、黑芝麻、榨菜，香极了。

老杭大门口，有一个煎饼粿子摊，做的煎饼粿子很好吃。煎饼粿子的面皮比糊拉汰的要软一些，在面皮上抹甜面酱或辣酱，撒点葱花，夹根油条或火腿肠，卷起来压实，味道也很好。在杭州，我吃不到糊拉汰，有时会买一只煎饼粿子当糊拉汰的替代品。

咸肉芋头面

咸肉芋头面获封“最受欢迎名点”的人气王称号，我着实吓了一跳，想不到它那么招人爱，这就好比低头不见抬头见的邻家翠花姑娘，忽然某一日，成为选美大赛中的花魁，好比村头土根变成了村上春树，有那么几秒钟，没回过神来。

小区门外有一条不长不短的街，叫前丁街，街旁的香樟树，到了冬天，依然油亮碧绿，初春的时候，会结出一粒一粒黑亮黑亮如鱼眼的果实，比出家人腕上的菩提子念珠略小些。落在地上，一踩，毕剥毕剥，爆裂出油脂质地的汁水，地砖上都是黑色的印记，有好闻的樟木气味。街两旁有好多小吃店，有广东煲仔饭、兰州拉面、沙县小吃、东北饺子、重庆鸡公煲、黄焖鸡米饭、温州鹅肉店、鱿鱼炒糕、面结……还有卖姜汤面、鸡汁面、海鲜面、面皮、大排面、咸肉芋头面、浇头面的，小区居民封它为小吃一条街。

卖咸肉芋头面的，有两家是我经常光顾的，一家是金记芋头面，还有一家店，叫老斌麦虾芋头面。两家面店，在这里一开就是十多年，算是街上的老店，培养了无数的熟客，填饱了无数人的胃。一到饭点，店里简陋的板凳上就坐满人，报社的总编、小编，银行的行长，保险公司的职员，帮人家装修、满面尘灰的泥瓦工，为了共同的一碗面，聚集在这小小的空间里，埋头吃得不亦乐乎。

到了晚上，夜猫子摸到这里，一碗面下肚后，又可以鏖战麻将场。这个点，芋头面已经从白天的正餐变成夜宵。说起来，我在这两家面店吃了差不多十年的面，但店主老金与老斌的面目依旧模糊，每次去，他们都在灶台前忙碌。老斌家除了芋头面，还有麦虾，有大碗、中碗、小碗之分，也卖各种熟食——鸡爪、肥肠、小肠、豆腐干。而老金家，又多了各种炒饭。

去芋头面店吃面，常常会碰到熟人。有一次碰到一个经常在电视上露脸的大佬，呼噜呼噜地喝着面汤，吃出一脸的汗，我开玩笑道，你老人家还亲自来这里吃芋头面？大佬露出慈祥的微笑："你们这条街上的芋头面，正宗！""正宗"二字，让人肃然起敬，意味着血统的纯正和手艺的娴熟。是的，这两家店里的咸肉芋头面，配得上"正宗"二字。

一碗正宗的咸肉芋头面，打底的一定是手打面，在家乡，用面杖手工擀制出来的面条叫手打面。手打面的绵糯筋道，是冷冰冰的机器压制出来的机器面所不能比拟的。一碗正宗的咸肉芋头面，咸肉、芋头是主角，白萝卜丝是配角，相辅相成，咸肉是鲜美咸香的，芋头是软糯可口的，芋头性子随和，入荤入素俱可。咸肉老

而成精,用来衬托芋头的软糯,而作为配角的萝卜丝,它是清爽清淡的,能够消除咸肉的油腻。起锅之前,还要撒一把点睛的蒜苗或一把碧绿的葱花,整锅的面条鲜香扑鼻。老金和老斌家的咸肉,用的都是山里的土猪肉,过年前,乡人会杀了自家养的猪,抹上盐腌过,在太阳底下晒过,在北风中吹过。咸猪肉有不同于新鲜猪肉的咸香,很是提味。

面条中的芋头是关键,要选本地的芋头仔,粉糯温软。温岭大溪的芋头和黄岩沙埠的芋头很出名,大溪的芋头叫芋艿头,沙埠的叫芋头娘,种在土质疏松的沙质土壤里,富含淀粉,又十分鲜糯。难得的是,从霜降收获到次年清明前后,仍能保持鲜味不变。大溪芋头块头很大,一只就有一两斤重,如相扑士,切成片和五花肉同蒸,一层肉片一层芋片,脂肪浸透了芋片,增加了鲜香美味,而芋头中的淀粉减少了脂肪的肥腻。沙埠的芋头娘个头也粗大,却香糯绵软,与夹糕、豆干一起,并称为“沙埠三宝”。不过,咸肉芋头面用的,并不是这两地的芋头,而是红梗芋头,是芋头仔,个头小巧,脱下毛茸茸的外衣,是如凝脂的粉白。芋头软糯,但软而不烂,吸收了咸肉的味,粉质渗透到面汤里,面汤如勾过芡般浓稠黏滑,有种糊糊的香味。芋头虽是寻常物,但它的软糯温柔,是得到过苏东坡高度评价的:“香似龙涎仍酽白,味如牛乳更全清。”芋头的鲜加上咸肉的香,抵达“陈鲜呼应”的境界。旧时人说:“凡治菜以烹庖得宜为第一义,不在山珍海错之多,鸡猪鱼鸭之富也。”意思是,山珍鲜味、鸡鸭鱼肉烧得鲜美不算本事,把青菜豆腐烧得好吃那才是高手。由此说来,老金与老斌都是此中高手。

一碗芋头面,本身味道就很鲜。有口味重的人,吃面时非要加蒜泥、辣酱或者豆瓣酱，我总替他们可惜，觉得他们不懂咸肉芋头面的真谛。

一碗好的面条，在江湖上是有评价标准的，面要筋道，料要丰富，汤要入味，而咸肉芋头面，料头并不丰富，也就三两样，但它的每一种作料都个性鲜活，咸肉是咸肉，芋头是芋头，萝卜丝是萝卜丝，层次分明。从将一小把咸肉丝放到锅中热炒的那一刻起，“嗤”的一声，空气中已满是肉的咸香，勾起人肚子里的馋虫。有几次，我出差回来，过了饭点，饥肠辘辘，经过芋头面店，里面飘出的那种咸香的味道，简直勾人魂魄，我毅然决然走进面店，把行李箱往墙边一靠，叫上一碗热气腾腾的咸肉芋头面，心满意足地吃完，再心满意足地拖着行李箱回家。

芋头面不只我们那里有，福建亦有，不过做法跟我们的不太一样。福建人把煮熟的芋头捣成泥状，和入番薯粉，揉成面团，再擀制成面，烧的时候，在锅中放海蛎、肉丝、芹菜，那是另外一种口味了。

一碗销魂的大肠面

汶川地震后的第五天，陈晓卿去青川，他去青川是送给养。因为离全世界知名的肥肠故乡——江油很近，于是就到小饭馆里歇脚吃肥肠。一口肥肠入口，好吃到睁不开眼。

可是吃着吃着余震就来了，人们都弃桌往外跑，保命要紧啊。陈晓卿也跟着溜，心里却放不下这碗鲜香无比的肥肠，于是又折回来，淡定地吃完。等到找老板结账时，已找不着人。

这是陈晓卿在他的美食书《至味在人间》里写到的肥肠往事，用小学生的话来说就是：文章的中心思想是——一个热爱肥肠的美食家，面对余震的危险，在生命与美食之间，仍然选择美食，这是什么精神，这就是大无畏的吃货精神，命可以不要，肥肠不可以不吃。正是因为有了这种精神，陈晓卿才能

拍出挑动亿万人舌尖的《舌尖上的中国》。

热爱肥肠的人那么多，一口香浓肥腻的肥肠，让无数人神魂颠倒，欲罢不能。男人愿与它死生契阔，不离不弃，女人发出深情的低吟：肥肠，你是我心头最大的牵挂，是我舌尖上难以忘怀的情人。

无论九曲大肠有多么的香浓，脆皮肥肠有多么的爽脆，蘸水肥肠有多么的白嫩，草头圈子有多么酥香，在家乡，一碗销魂的大肠面才是我们心底最深沉的热爱。

在肉林酒池中，肥肠自有与众不同的气质，它增一分则太腻，减一分则太柴，它是肥美与香浓的完美体现。在食物中，可以用鲜美来形容的有很多，如春笋，如虾兵蟹将，而够得上肥美标准的，除了东坡肉，也就是肥肠了。

没有人能回答出，为什么装过屎的碗没人要，而一段肥肠却能颠倒众生。从本质上讲，肥肠只是不入流的猪下水，但它却与上流社会挂得上钩。当年张大千请张学良吃饭，一道软炸扳指，吃得少帅食指大动，软炸扳指就是把肥肠蒸熟，切后炸得金黄酥脆。在文学大师贾平凹的评价体系里，葫芦头泡馍远胜于羊肉泡馍，而所谓的葫芦头，就是大肠中最接近肛门的那一块，贾平凹直言，长了痔疮的葫芦头，味道最肥美、更有嚼头。

美食作家小宽评判一个人是不是吃货有一个狭隘的标准，看他爱不爱吃肥肠："如果一提肥肠就两眼冒光，口舌生津，我就会默默地把他划归到自己人的阵营；如果一提肥肠他就面露难色，甚至口出鄙夷，认为它腌臜，不干净，油腻，胆固醇高，我也会悄悄地把他视作异己。"小宽说："肥肠，才是吃货的接头暗号，在通往肥肠的路上，全是兄弟，没有敌人。”我完全同意他的评判标准，但是请他务必加上“姐妹”二字，因为在我身边，爱肥肠的姐妹是那么多。我的女友临节是妇产科的医生，热心且率真，她也好猪大肠这一口，周末闲着没事，在家鼓捣一副大肠，她说，从忐忑地买来，到认真地戴上手套像做手术一样去掉肠系膜、脂肪等，反复清洗，再到利用高压锅炖，从清洗到成品上桌，不亚于做一次肠道手术。

在南方，肥肠通常不是爆炒，也不是干锅，而是卤煮，一碗鲜香回甜的大肠面，让人思念到永远。家乡的大肠面，面条通常是手工擀制的，把煮好的肥肠和原汤，浇在面条上，大肠Q弹柔韧、油脂丰满，一口下去，先是卤水的鲜，再是肥肠的糯，那种鲜美与肥美兼而有之、柔嫩与嚼劲相辅相成的口感，让人有难以言表的快感。面条汤中的卤味，有一种远胜于鸡汤的鲜香。

我经常在精疲力竭的时候，去面店叫上一碗大肠面，吃下大肠面的同时，人变得精神抖擞。每次出远门，十天半月后回到家，只有吃到家门口的大肠面或麦虾，才让我有回到家的踏实感。

在杭州和上海，我依然能闻到大肠面的鲜香，无论是猪肝面还是大排面，在沪杭人民的心目中，都不及一碗大肠面。大肠面虽然出身低微，但凭着实力，在大城市站稳脚跟，并为自己赢得崇高的地位。当一位娇滴滴的上海小姐口中吐出“来一碗大肠面”几个字时，我甚至觉得她在口吐莲花，觉得她不再有拒人于千里之外的冷傲，而是有了那么几分接地气的可爱。作为最受争议的食物之一，肥肠跟榴梿一样，口碑在江湖上两极分化，爱者欲其生，恨者欲其死。爱它的人认为没有肥肠的人生最难将息，时不时参加“肠委会”，隔三岔五要下馆子跟大肠亲密接触；恨它的人听到它的名字就要皱紧眉头，恨不得捂紧耳朵，似乎听到大肠两个字，耳朵都受到亵渎。

有人说只有三观一致、口味相近的夫妻，才能走到最后，有人把肥肠作为爱情的测试剂，如果两个人都爱肥肠，那意味着爱情得到了升华，如果一个爱肥肠，一个恨肥肠，很有可能在半路就一拍两散。面对一碗鲜香的大肠面，我和娃他爸明显属两个阵营。娃他娘我见了大肠面两眼放光，连面里的最后一滴汤都喝得一干二净，娃他爸看到大肠面如老僧入定，双眼微闭不动一筷子，在心中默念“阿米豆腐”，甚至连盛过大肠的碗都不想再碰。我和娃他爸，口味差别那么大，结婚这么多年，能够不被彼此同化，在肥糯的大肠面前，做到井水不犯河水，也算是功德圆满了。

通神明的姜汤面

江南人家中，对姜汤面有特别感情的，首推吾乡人。

中华五大面食中的山西刀削面、北京炸酱面、武汉热干面、四川担担面、兰州拉面，我都尝过，老实说，只有山西刀削面尚对胃口，但它比起家乡的姜汤面来，色香味还是有差别。

姜汤面是家乡的代表性面食，它的精彩之处除了丰富的浇头（有虾干、猪肉丝、笋丝、香菇、金针菇、荷包蛋、豆腐皮、青菜、蛏子等），还在于它微辛浓郁的汤——带着姜汁特有的香味，呵，去年一碗姜汤面，让人思念到如今。

家乡的面是质朴的、低调的，没有华而不实的招牌。面店多开在陋巷之中，嘈杂简陋不说，装潢多不起眼，甚至连个招牌都没有，只靠味道吸引回头客。几家口碑颇好的面店，不是靠炒作，而是靠吃货的味蕾发掘出来的。民间食客云，要吃麦虾，到临海白塔桥头，吃姜汤面，到椒江老城区或路桥卖芝桥。

吃货说过，要吃到正宗的小吃，只有深入大街小巷，此言不虚。看那些卖姜汤面的小面店，油腻的灶台上，陈年老油可以刮下一层，竹箩上摆着面条，上面盖着发灰的纱布。臊里吧唧的大老爷们儿，腰身发福的中年大嫂，就是面店的主人。店里的炉灶永远是热的，抓几把青菜、虾干入锅，"哧"的一声，烟火气扑面而来。三下五下的，作料半熟，香味出来，"哗"地倒入姜汤，片刻，浓郁的姜汤味，就在老城区的黄昏中升腾起来。

要知道，姜汤面无姜汁不香。考究些的，做姜汤面之前，要先将老姜切片晒干，将姜干放入锅中，放入适量的水，先旺火后小火，熬上两个时辰才能熬出姜的醇味。也有人说，好的姜汤是以老姜加黄酒烧熟，切片晒干，加水熬制而成的。当然，更多的店为了省时省力，往往直接榨取姜汁。

店小客多，店里仅有的几张四方桌经常坐得满满的，有人索性掇条骨牌凳，坐到过道上。

姜汤面上桌了，面条白里透亮，姜汤热气袅袅，浇头绿肥红瘦，看着这真材实料的姜汤面，觉得家乡人真是实诚。不像在大城市的面店吃面，环境宜人，服务员漂亮，只是面上来后，点缀着屈指可数的几片牛肉、几根青菜，筷子一夹便只剩大半碗清汤，是个花架子。有一次到上海出差，入住五星级的大酒店，叫了一碗云吞面，上来只有几根面条加几只馄饨，吃了两口，不落胃，放下了，结账时，漂亮但冷若冰霜的服务员收了七十五元钱，另加百分

之十五的服务费。

我喜欢闻姜汁的味道。《红楼梦》里云："性防积冷定须姜。"闻着姜汁的香味，人顿觉放松。咸鲜微辣的美味姜汤和着面条，一咕噜吃下去，有说不出的畅快，一桌子的人吃得稀里哗啦，吃着吃着，不由得宽衣解带——几口姜汁下肚，没有不出汗的。食客中有学生，有时尚女子，还有几条粗黑壮实的汉子在拼酒，让人想起武侠小说里大侠与杀手出没的市井陋巷。

姜汤面原是家乡女子坐月子时吃的主食，临海、椒江、路桥一带的女子，坐月子时要喝姜汁调蛋，吃姜汤面、姜米泡饭。我的一个朋友是椒江人，嫁给天台人，坐月子时婆婆按天台风俗，整日给她吃豆腐皮炖蛋，而不是姜汤面，现在孩子都上高中了，她还觉得月子里没吃到姜汤面亏得慌。一遇雨天胳膊酸疼，她就抱怨，说是因为月子里没喝姜汤面祛湿落下的病根。按我朋友的说法，坐月子吃姜汁，这是祖上传下的规矩——妇女坐月子时，每日饭后服干姜汁与红糖，谓能活血、祛寒、补虚；食炒米饭、姜汤面，禁食咸味。亲友上门看望，端姜茶敬奉。什么东西搁上"祖传"二字，就轻易更改不得。巧的是，广东的产妇坐月子时也吃甘醋煮姜，俗称猪脚姜，还要喝姜酒。《广东新语》记道："粤俗，凡妇娠，先以老醋煮姜，或以蔗糖芝麻煮，以坛贮之。既产，则以姜醋荐祖饷亲戚。妇之外家亦或以姜酒来助，名曰'姜酒之会'。故问人生子，辄曰'姜酒香未'。姜中多母姜则香，多子姜则否。白沙诗：隔舍风吹姜酒香。"这个陈白沙是个有意思的人，闻到产妇家传来姜酒的香味，也会大发诗兴。

不知何时起，这妇人坐月子时吃的姜汤面，成了家乡大街小巷寻常可见的风味小吃。大凡湿气重的地方,姜汁之类就很有市场。家乡地处沿海,属湿重之地,所以姜汤面在家乡盛行也就不奇怪了。朱熹这个老夫子在《论语集注》中也煞有介事地说,姜能通神明,还能除风邪寒热。林洪的《山家清供》里,写了一种饼,叫通神饼,听上去有点神神道道,其实就是用姜片、葱丝,和上白面和白糖,放在油里煎炸成的一种小吃。以此类推,姜汤面是不是也可以叫成通神面?

姜汤有解寒、发汗的功效,我每遇淋雨后头疼,或受了风寒,或胃有滞胀,便吃碗姜汤面,吃后,有霍然去病之感。前些年,杂文家鄢烈山来我们这里,偶染风寒,我建议他喝姜茶、吃姜汤面,果然,热热的姜汁一下肚,汗一发,感冒霍然而去。他问我茶、面中是否掺有中药,我诡秘一笑,笑而不答。

其实,除了姜汤面,跟姜汁有关的姜汁核桃炖蛋和醇香的姜汁,也是喷香可口的美味小吃。后两样,大酒店里多半有,做得水准不错。唯有姜汤面,非得到弄堂小巷里才能吃到正宗够味的。姜汤面中,还有一种叫跳鱼姜汤面的,作料中加了跳跳鱼干,特别的香浓鲜美。

张潮在《幽梦影》里说道:“春风如酒,夏风如茗,秋风如烟、如姜芥。”如果你没见过这种叫姜芥(学名小鱼仙草)的植物,吃了姜汤面,你也能知道什么叫“如姜芥”。

江南刀削面——麦虾

麦虾是临海的好。

我在临海生活过十多年，对这座城市很有感情。我记得巾子山的塔、望江门的潮水、古城墙上的梅花、望天台的圆月。那些年，走遍了临海的角角落落。旧时临海有四奇：城隍山的钟，后岭崎的风，山宫坦的鬼，泉井洋的水。老实说，除了山宫坦的鬼我没见过，别的，都见过。

临海的好景是一定要看的，特色小吃也是一定要吃的。麦虾跟蛋清羊尾一样，是这座千年府城最具代表性的小吃，也是很有“欺骗性”的一种小吃。在临海的各种面食中，麦虾不容置疑地名列这座千年古城的面食之首，我戏称为“面首”。

临海的麦虾其实是面疙瘩，我称它为江南刀削面，因为它跟山西的刀削面一样，都是用刀将面削

下的。所不同的是，山西的刀削面，麦粉是揉成团的，用一块薄铁皮，流星赶月般，将面一条条削下，而麦虾，是将麦粉搅拌成粉团，然后用菜刀，将粉团一刀一刀"割"下，故临海人称之为"割"麦虾。割下的粉团不是细长如柳条，而是一小坨一小坨，状如弯曲的大虾，故称为麦虾——这个称呼相当写意。我觉得，光这个名字，就能体现出"千年台州府，满街文化人"的水平。真的，如果麦虾在北方，保不准被心眼实诚的北方人唤作"刀割面"。我在河南，见过一种面，就被唤作"刀铡面"，这样的叫法，让人感觉到有几丝暴戾之气。嵊州将麦虾称为"麦鸡娘""笃果""麦挟果"，像小孩子过家家似的，哪有我们的"麦虾"诗意又响亮呢。

麦虾在家乡早已遍地开花，随便哪条小吃街，都少不了麦虾店。甚至杭州、宁波等地，也有了临海人开的麦虾店。不过，这个店那个店中，最有名的麦虾店在临海紫阳街边上，名叫双平麦虾店。

说到紫阳街，那是家乡最有看头、最有吃头的古街，街头的白塔桥饭店为老临海人所推崇，我在这里吃过热乎乎的甜酒酿、刚出炉的霉干菜饼、又松又脆又香的葱油火烧饼，还吃过甜甜蜜蜜的蛋清羊尾。

但是，名头最响的面，莫过于双平麦虾店的麦虾。春夏秋冬，不管哪个季节去，这里永远人头攒动。前些年，它的斜对面曾经开过一家兰州拉面店，但是所向披靡的兰州拉面，没多久就败在麦虾的手里，最后关门了事。

麦虾店里那个高高大大的老板，让人印象颇深，虽然他只是小吃店的小老板，但是颇有生活情趣，是个骑行爱好者。不幸的是，几年前的秋天，他骑着山地车去乡下赏红叶，不幸摔下山崖丧生，本地几家报纸都发了消息。如果不是因为让人叫绝的麦虾，一个小吃店小老板的意外丧生，断然不会像名人之死一样，占据本地主流媒体的一角。前些年，我在双平麦虾店吃麦虾时，都是这个高大的老板亲自操刀割的麦虾，别看他长得五大三粗，站在店门口，像尊门神，但割起麦虾来出手奇快，将面盆稍稍倾转，菜刀在盆沿飞舞，一条条一片片厚实的面疙瘩纷纷落入滚烫的锅中，在锅中活蹦乱跳，像活泼伶俐的浪里白条。碰到个把骚客文人，说不定能边看边咏出几句酸诗来："一片两片三四片，五片六片七八片。九片十片十一片，落入汤中变虾面。"

双平麦虾店的麦虾好吃，跟老板割麦虾的刀工有关，当然也跟配料有关。过去烧麦虾的作料是青菜、萝卜丝，有几粒猪油渣就算奢侈了。现在麦虾的配料那是相当丰富，有黑亮的香菇，象牙白的萝卜丝、笋丝，鲜红的肉丝，青绿的蒲瓜丝，还有小白虾、蛏子或蛤蜊。不过双平麦虾店历来只卖牛肉麦虾，起锅后在麦虾上面浇一层牛肉末，味道十分鲜美，面疙瘩筋道又滑润。有人喜欢吃辣，就舀一勺他们家自制的牛油辣酱进去，吃得稀里哗啦，直叫痛快。双平麦虾店卖的卤菜也很好吃，有螺蛳、鸡爪、鸡肫、牛筋、猪肝。对于爱吃鸡零狗碎的我来说，双平麦虾店的吸引力不只在麦虾，还有这些杂碎。

我觉得在江南的面食里，麦虾的口味最有特色，上海人开口闭口阳春面，杭州人开口闭口片儿川，跟临海的麦虾相比，在我看来，到底都少了些筋道和厚实。

萝卜丝垂面与垂面饭

夏天的时候，大石的朋友送了我两箱葡萄、一箱垂面。

大石的葡萄很是出名，我一个人在家，吃不完，怕葡萄烂了，就想把它做成葡萄酒。去年的时候，在朋友家里，喝了她自酿的葡萄酒，觉得像酒又像果露，没有葡萄酒的酸涩，非常好喝，就向她讨来方子，想买点葡萄回家自酿。回来后一忙，就把这事给忘了。等到想起时，已是深秋，葡萄落市了。这一次，有现成的葡萄，就花了半天的时间，把葡萄洗净，加白糖，再一个个捏破皮，放进带龙头的大玻璃瓶里，密封好之后，就等着它自行发酵。想到过一段时间，龙头一开，就会哗啦啦流出琥珀色的葡萄酒，感觉日子很有盼头。

大石的垂面，跟葡萄一样出名，当地人说，之所

295

盘中餐

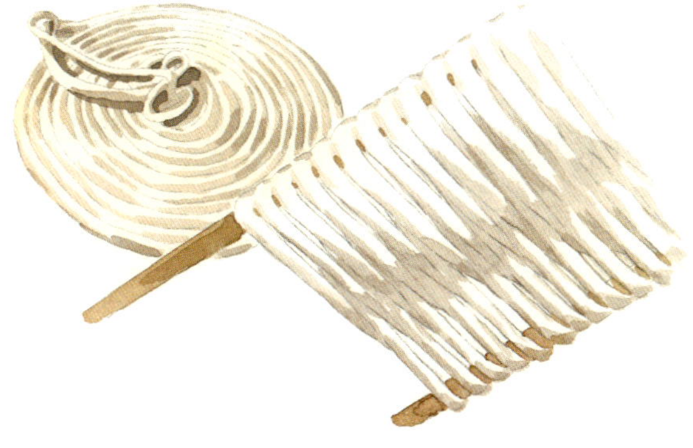

以叫垂面，盖因垂直悬挂之故，可是哪一种干面条，晾晒时不是垂直悬挂的呢？这个问题，我琢磨了好几年都没琢磨透，直到看到当地人晒垂面才明白。

大石人做垂面，通常选择在温度较低的日子里。每年的秋季到次年的暮春，是制作垂面的好时节。这个时候，阳光不太热，打在脸上，是暖暖的。在大石，农户的屋顶上、院落里，都会晾晒千条万条的垂面，面比人还要高，垂面晾在细细长长的圆木棍子上，如水帘洞前的白色水帘，如天上散落的一根根银丝，如飞流直下的瀑布，细长细长的面条从木棒上垂挂下来，有风吹过，面丝掀动，如水面上起的波澜。如果把贺知章的《咏柳》诗改动两个字，“白玉妆成一树高，万条垂下银丝绦”，那是相当贴切的。

垂面是用小麦粉做的，要经过和面、静面、上面、晾面几个环节。小麦粉加水和细盐，耐心地揉搓成团之后，把面团放在一边，让它醒一醒。“醒”字真是好啊，仿佛面团春困，要等着它慢慢地苏醒过来，醒过的面团才有精神气。醒面之后，搓成粗粗长长的一根面条子，如盘蚊香一样，慢慢地盘成一团，这个过程，当地人称为“静面”，仿佛给面条静坐禅思的时间。静面这当儿，面又醒了一次，变得柔软。最重要的环节就是“上面”了，将粗长的面段缠绕在两根长长的圆木棍子上，绕面的人像个艺人一样，身段灵巧，动作优美，左右开弓，上下缠绕，那流星赶月般的动作看得人眼花缭乱，粗长的面段被抻拉成细长的一根根银丝，整个过程一气呵成，毫无拖泥带水之感，如果配上擂鼓的背景音乐，上面的流程简直可以搬上艺术舞台。我在山西出差时，在山西大饭店吃饭，看到厨师表演抻面，一个面团在厨师手上，变成了细长的面条，博得满堂叫好。抻过的面条扔进滚水中,不一会儿,一碗热腾腾的面条就上桌了,看抻面的过程远比吃面有意思。而大石的上面,动作更为优美,如果上台表演,掌声想必会更加热烈。

把抻出来的面条放在阳光下晾晒,用棍子在面条上来回轻扫,在地心引力的作用下,垂下来的面条会悄无声息地变得更长更细,有风吹过时,如柳摆动。风和阳光收干了面条中的水分,晒干后的垂面是温暖的象牙色,细如发丝,裁切成段后,包扎成一筒筒的面条,可以存放很长时间。

垂面做成汤面条,味道相当好。垂面比别的面条细,煮的时间要短,放水里略微一烫就熟了,要赶紧捞上来。萝卜丝是垂面的最佳拍档,它与垂面就像是一对灵魂伴侣,萝卜丝汤垂面是当地的经典之作。新荣记是声名赫赫的米其林餐厅,有一道主食就叫萝卜丝垂面,汤中加入芋艿、咸肉、鸡蛋丝,面条柔顺,汤水鲜香,很受食客欢迎。垂面本身就带着咸香的味道,烧垂面要少放盐,作料也不必过多,多了就喧宾夺主。萝卜丝之外,加点咸肉丝,味道十分鲜美。下垂面不能心太狠,下得太多,面捞得不及时,就容易发涨,结成一坨,成了坨坨面,口感就差远了。

在当地,垂面除了做成萝卜丝垂面外,还可以做成垂面饭。垂面饭并不是饭,就像麦虾不是虾,蛋清羊尾不是羊尾一样。垂面饭实际上就是炒垂面,当地人聚会、婚宴酒席上,它是不可缺少的角色,是当地人待客的最高礼遇,有"无面不成席"之说。

炒垂面饭的过程比做汤垂面复杂,须将垂面在蒸笼里蒸过,蒸了一次还不够,要放水里冲凉后再蒸一次,才能让面条软透。再配上大蒜苗、五花肉,在油锅里猛炒,要让细长的垂面在高温中不断折碎，也不会结成一坨，那是相当考验功夫的。以我的手艺，做汤面还可以将就，但压根儿做不出像样的垂面饭。所以，要吃到美味可口的垂面饭，还得移驾去大石。

一碗米面十种料

在稻米遍地的南方,米做的粉干是家家户户常备的食物,据说粉干是从北宋开始制作的,作为历史上最风雅的朝代,想必有很多诗人为雪白如丝的粉干唱过赞歌。各地都有粉干,福建三明尤溪的“五十都粉干”尤为出名,有“雪粉”“丹丝”“束条”“龙须”“锦绳”等品种,名字甚是风花雪月。对三明,不少人印象模糊,只知道三明下面有一个沙县,把小吃做到全国各地,而我早就知道三明有好吃的粉干,到三明出差,完成公事,吃个金黄的烙粑,吃碗鲜香的泥鳅烧粉干,带一些肉脯干回家,算是额外的收获。

家乡在浙东,按照小楼的说法,它“处于小麦文化的末梢,往西是吃米粉的江西,往南是吃番薯粉的福建”。吾乡人民胃口大,麦面、米粉、番薯粉,三者通吃。家乡的粉干,据说就是当年渔民从福建沿海带来的。山里人家,豆面与米面都是常备之物。秋风起时,阳光下,山坡上,一排排细如纱线的粉干,挂在竹竿上,边上还有一排排的豆腐皮,散发着稻米的清香和黄豆特有的豆腥味。寒露时节我到山乡去,桂花纷纷扬扬,站在桂花树下看山里人晾粉干,落一肩的桂花。天气好时,粉干晒上一天就可以完工。晒好的粉干、豆腐皮,乡里人细细收好,用绳子扎了,看月里(看望生了孩子的产妇)、走亲戚,送上五斤十斤的粉干,再送点豆腐皮、一篮子土鸡蛋,虽是寻常东西,值不了几个钱,却是拿得出手的真心货,是山里人的一片心意。

小麦做的面条,无论在南方还是北方,都叫麦面。而粳米制成的米浆做的面条,叫法就多了,杭州、温州叫粉干,云南叫米线,在广东,叫米粉,而在家乡,它有三种小名:粉干、面干、米面。

家乡的米面有两种。一种叫大米面,如豆芽菜般粗细,大米面通常都是烧汤的,我不太爱吃。较细的那种,就叫米面,而不叫小米面。在家乡,说到炒米面,大家都心领神会,断然不会搞错。

米面属于可伸可缩的大丈夫,自有包容并蓄的气度,可放汤,可热炒,可当小吃,可当主食。它不像豆面一样有久煮不烂的韧性,而是有着绵长柔和的口感,性子特别随和,特别容易入味。在家乡,米面通常有两种做法,放汤或热炒,放汤的叫汤米面,热炒的称为炒米面。

看似平淡无味的米面,有很强的吸附力,仿佛入乡随俗的君子,放什么汤,米面就是什么味,放鸡汤,米面就是鸡汤味,放猪肉汤,就是猪肉味,放姜汤,就是姜汁的味道,细软的米面最能吸收

作料的鲜美，这一点最为人称道。不像豆面，刀枪不入的样子，粉条是粉条，汤是汤，有明显的疏离，很难融为一体，也不像炒河粉，软绵绵，不得劲。米面最简单的做法，就是把水烧开，放一把米面下去，挖一小勺猪油，烫几片青菜，就是一碗青青白白的汤米面。厨艺再不精通的人，一碗汤米面总归能做的。如果家里有吃剩下的鸡汤鸭汤黄豆猪脚汤，用来烧米面，那是再好不过的。先下米面，加几片青菜，倒入剩菜，烧熟后，就是鲜香扑鼻的汤米面。汤味鲜香，吃完面，一仰头，咕嘟咕嘟把汤喝得一干二净。

炒米面比汤米面要复杂些，把肥肉放进锅里熬出油，鸡蛋炒到金黄，洋葱丝、肉丝、包心菜依次炒熟出锅，另起锅把米面炒至七八成熟，再倒入作料，放一起热炒。刚出锅的炒米面有韧性，猪油融入米面中，吃起来没有丝毫干硬的感觉。夏天，在江边的大排档中，大碗喝酒，大口吃海鲜之后，来一碗海鲜炒米面垫肚子，是汉子们的不二之选。在家乡，各单位食堂的早餐里，都有炒米面供应，有些同事的早餐，天天都少不了炒米面。

汤米面尽可以简陋，而一碗炒米面，料头就要丰富，有“一碗米面十种料”的讲究。海边的人炒米面，喜欢加入各种海鲜干，如虾干（或虾米）、鳗鱼干、墨鱼干之类，再加豆腐干、鸡蛋丝或鸭蛋丝。至于蔬菜，那是必不可少的，冬春的笋丝，夏天的茭白，秋天的芹菜，冬日里的胡萝卜丝，随着四季而变化。做炒米面除了一把锅铲，还要有一双特制的长筷子，用来挑散乱如麻、纠成团的米面，锅铲则用来翻炒。经过拨、挑、压、翻几个回合，高手炒的米面，底部微微焦黄，有香脆的口感，还有一股子“镬气”在。作家阿城在吃上颇为挑剔，他特别推崇这种叫“镬气”的东西。“镬气”二字，家乡的父老也是常挂嘴边的，这二字要解释起来，颇有点费劲，实际它就是热腾腾的人间烟火气。

家乡的炒米面，一年四季都可以吃，临时来了客，上一碗香喷喷的炒米面，再来一碗紫菜榨菜汤，或者一碗西红柿蛋汤，就是一顿美美的正餐。放下碗筷，打个满意的饱嗝，面吃饱，汤喝足，心情就好，看什么都顺眼。

厦门有炒面线，其实就是炒米面。厦门炒面线竟然上过国宴，在国宴上亮相的，通常是佛跳墙、金枪鱼卷、松茸炖花胶之类，让大家没想到的是，街头巷尾、寻常人家做的炒面线也能登上大雅之堂。家乡的米面努力一把的话，没准也能从家宴登上国宴，从江湖走上庙堂。

沙蒜烧豆面与黄鳝炒豆面

我们那里的人，在吃上，向来兼容并蓄。面条中，除了米面、麦面，还有绿豆面。一根面条，能捣腾出百种花样。

绿豆面又叫薯面、莳面，叫得最多的，是豆面，在浙南的楠溪江一带，则叫锦粉面，这名字真好听。更多的地方，则称之为粉条。家乡的豆面是把山里的番薯磨成粉后做成的面条子，故绿豆面的颜色，不是碧绿青翠的，而是暗绿中略显灰白，如夏天雷雨前天空暗沉的颜色。好的绿豆面，条子均匀，下锅不糊，清润可口。至于为什么叫绿豆面，说法不一，一说是因为豆面是暗绿的，故名绿豆面；一说是过去台州绿寇多（绿寇是本地方言，是强盗或海盗之意），是谓“宁波客商绍兴师爷台州绿寇”，绿寇常吃绿豆面，他们打家劫舍、杀人越货，被抓住后，人

头是要落地的，所以称为落头面（绿豆面），这种说法，近乎演义传说了。至于家乡以外的地方，豆面通常的叫法是红薯粉条。家乡还有以黄豆、蚕豆、豌豆等为原料制成的豆面，细细长长的那种，通常称为粉丝。

豆面有烧汤和干炒两种做法，在家乡，做早餐的豆面碎都是放汤的，而做主食的，以干炒的居多。

豆面可以分为山派和海派。山派炒豆面比较素淡，通常是用笋丝、萝卜丝、绿豆芽、香菇、青菜等素菜，加肉丝、鸡蛋丝来炒。海派的呢，配料用海产品，有鳗鱼鲞、虾干、鱼干之类。

箬山的炒豆面很是出名。箬山渔民的祖先都是从福建迁过来的，箬山的美食便带着闽南风味，箬山最著名的小吃，当地人如数家珍，概括为十六字真经，即“一龟一粽，两汤三面，三圆四粉，四羹五酒”。“一龟一粽”指的是糖龟、肉粽，“两汤三面”指的是黄鱼酸菜汤、鳗鱼酸菜汤、鱼面、炒豆面、鸡子索面，“三圆四粉”是鱼圆、肉圆、漂圆、山粉糊、山粉圆、山粉夹、山粉皮，“四羹五酒”是鳗鱼羹、鲳鱼羹、肉羹、蛏羹、黄鱼酒、鳗鱼酒、鸡子酒、糯米酒、乌枣酒。人称“走过千山，不如箬山”，当然指的是箬山的小吃。

箬山人称绿豆面为“shua dao hun”，闽南语意为山豆粉，叫着叫着就成了山东面。温岭的才子黄晓慧跟我讲过一个段子，说过去有山东客人到箬山，箬山人请他们吃“山东面”，山东人觉得这炒绿豆面真好吃，软糯与筋道融合得天衣无缝，但他们实在想不起来葱省山东还有这种面。

箬山人炒豆面，架势摆得很足，锅一定是大锅，锅里放入半瘦半肥的猪肉，煸出油后，再放入各种海鲜干，如虾干（或虾米）、鳗干、鱼面，还有香菇、白菜等蔬菜，使劲翻炒。在当地，办酒席时，炒豆面是“头碗菜”。

炒豆面中，沙蒜烧豆面是一绝。沙蒜是一种极其鲜美的海鲜，在我的第一本美食随笔集《无鲜勿落饭》中，我为它立过传，无论热炒、烧汤，它的鲜美都让人难忘。沙蒜与豆面同烧，汤汁浓郁浑厚，吸足了鲜味的豆面，简直勾人魂魄。新荣记的沙蒜烧豆面，吃过的，没一个不叫好。杭州有店名翠越会，有各种家乡的特色菜和特色小吃，如食饼筒、沙蒜烧豆面等，陈晓卿光顾后，对它大加赞叹：“沙蒜，也就是海葵，台州沙蒜豆面极鲜，能吃出感动。”陈晓卿吃了沙蒜烧豆面和食饼筒后，不但感动，而且心动，决心亲自到沙蒜烧豆面和食饼筒的故乡吃个痛快。他当真践诺，且去过多次，这是后话，暂且不提。

炒豆面中，还有一种黄鳝炒豆面，油亮鲜香，北边南边的人都爱吃。家乡的物产过于丰富，有山珍，有海味。北边山多，南边海广，南北的口味有很大的差异，南北两地的人都喜欢在自己家乡的食物前，加一个“最”字，有时为了决出到底谁是“之最”，在南北聚会时，还会争个脸红脖子粗，这样容易造成矛盾，不利于安定团结的大好局面。但无论北面还是南面，对于黄鳝炒豆面，意见基本统一，公认黄鳝炒豆面堪与沙蒜烧豆面并驾齐驱，是豆面界的扛把子，老少咸宜。南方人喜欢吃黄鳝。在南方，除了虾爆鳝面外，还有响油鳝糊，一盘鳝糊上桌的时候，厨师当着众人的面，将热油现泼上去，发出“滋啦滋啦”的声音。不过，我觉得，无论虾爆鳝面还是响油鳝糊，味道都远不如黄鳝炒豆面。

黄鳝炒豆面，以大溪的最出名，而大溪又以潘郎为最。潘郎鳝面,有响当当的名头。

黄鳝在家乡的河流或稻田中很是常见,它有长长的滑溜溜的身子,穿泥打洞松土是把好手,当地人称为鳝鱼、长鱼、黄脯鳝,或者河里鱼。虽然以鱼来称呼,但这厮长得根本就不像一条鱼,滑不溜手像一条长蛇。家乡戏称一个人装死,常说“黄脯鳝假死”。过去河道、稻田里有很多黄鳝,经常有人去钓黄鳝,黄鳝很容易上钩,用蚯蚓当钓饵,一下子就可以钓上一条。我家先生小时候,经常去抓泥鳅、钓黄鳝,那时水田里到处有泥鳅,而黄鳝通常在溪沟里,有一次钓黄鳝却钓到一条水蛇,吓得他魂飞魄散,“啊啊”惨叫着,逃得老远。

桃花红,泥螺肥。油菜花开,昂刺鱼鲜。立夏泡桐花开后,鳓鱼上位,黄鳝体壮肥美。夏至过后,黄鳝的肉紧实爽脆,鲜嫩肥硕,民间有“小暑黄鳝赛人参”的说法,意思是说它的肉味鲜美有营养,一点不比人参差。过去食物匮乏,夏天时,小伙伴们会去稻田里用南瓜花钓青蛙,钓到青蛙红烧了吃。去小溪小河里摸螺蛳与黄蚬,拿来钓黄鳝,钓到黄鳝,就可以炒豆面打牙祭了。夏天天气炎热,黄鳝喜欢钻在水草里、石缝下乘凉,容易上钩。父亲对吃很讲究,烧得一手好菜。他喜欢吃黄鳝,他烧黄鳝,或切成段红烧,或者切成片与洋葱爆炒,松脆鲜香。过端午,我们家里吃食饼筒,他下厨炒上十来样菜,用来当食饼筒的馅,有绿豆面、虾仁、肉丝、鸡蛋丝、鲳鱼等,绿豆芽与黄鳝丝是必不可少的。有时,他也会用黄鳝炒豆面,把手指粗细的黄鳝切成段,用葱段、姜丝、蒜苗爆炒,再加上浸泡过的豆面,反复翻炒。炒好的豆面,味道鲜香,泛着一层油光。

早些年,我经常去大溪采访,每次去大溪,到了饭点,当地的朋友客气,叫上一桌子的菜,总少不了点一个黄鳝炒豆面。豆面温软有嚼劲,配上黄鳝的鲜脆香浓,味道真是好。陪同的朋友说,当地最具风味的菜,都在这张桌子上了。

我觉得这样的朋友,是真朋友。